張小嫻

我在雲上愛你

目錄
CONTENTS

第一章

遇見了大熊

1

十六歲那年的夏天，我正處於小小的反叛期，跟媽媽用字條來溝通已經快一個月了。她上班前把『今天不回來吃飯，自己去吃。』的字條和飯錢留在餐桌上給我。我睡覺前留下『明天要買參考書，給我錢。』的字條。我們以前也試過嘔氣，不跟對方說話，只用字條來溝通，這種情況有時會持續好幾天，印象中好像從來沒超過一星期。

十九歲就把我生下來的媽媽是一家化妝品店的店長，雖然算不上美人兒，但是，只要掃上淡淡的妝，便會馬上亮麗起來。她有一雙黑亮的眼珠和一把及肩的直髮，皮膚白皙，看上去比真實年齡年輕好幾歲。她雖然嬌小，但該長肉的地方都長肉。她老愛揶揄我說：『這方面你好像沒得到我的遺傳呢。』

客人們都羨慕她的好身材，經她推薦的美胸膏不計其數，她自己卻從來不用。她下班回到家裡，是另一個樣子。在家裡，她來來去去都穿那幾套睡衣，胸前經常留著洗不掉的食物漬。她頭髮不梳，用一個大髮夾把頭頂的頭髮夾著，免得頭髮遮著眼睛。

雖然在化妝品店工作，她一點都不愛美，心血來潮才會敷一張面膜，有時連臉都不洗便溜上床睡覺，跟很賣力工作的那個她完全不一樣。

放假在家的話，她簡直就像一隻懶惰的大貓，成天霸佔著那張淺綠色的寬沙發，癱在上面邊看電視邊吃東西，或者睡著流口水。要是我不幸也在家裡的話，這時候的她最愛差遣我做這做那。

『維妮，我想吃冰淇淋，你幫我去冰箱拿！』

『維妮，好像有點冷，幫我拿一條毯子來！』

『維妮，我想看影碟，你去租好嗎？』

『這個節目很悶，維妮，你幫我轉台！』

『不是有遙控器的嗎？』我抗議。

『不知道放哪裡去了！』

她不太會做媽媽，每隔幾個月才會良心發現下廚煮一頓非常難吃的菜。我上小三那年，班上大部分同學都帶飯。那一年，她剛剛跟爸爸離婚，一個人帶著我。因為擔心我自卑，她每天都到餐廳買現成美味的飯菜，然後換到一個餐盒裡給我帶回去學校，看起來就像是家裡做的。因此，午飯的時候，我的飯菜是班上最香的，也是班上最好吃的，那些吃厭了媽媽的飯菜的同學都看著我的午餐流口水，我也樂於跟他們交換。結果，我反而天天吃到家常飯。

我和媽媽平日愛光顧公寓附近的一家上海小吃店，老闆是一對夫婦，門口鐵板上有美味的餃子煎烤著。媽媽常常送老闆娘一些護膚品的免費樣本，所以，老闆娘對我們很好，會做些特別的菜給我們吃。要是吃厭了上海菜，附近還有幾家小吃店，一家外賣披薩店和麵包店，常常傳來烘焙的香氣。

我們住的兩房小公寓是媽媽離婚時分到的財產。這幢淡粉紅色的水泥房子一共五層樓，門口有幾級台階。我們住在三樓。我打從出生開始就住在這兒，對街那棵夾竹桃從前只有一層樓高，後來已經跟我們這一層樓平頭，長出了許多橫枝。

公寓附近有個小公園，種了許多花。公園裡有一個頂端冒泡的圓形麻石小噴泉和一排綠色鞦韆。我小時候曾經從鞦韆上掉下來，像體操運動員似地做出一個三百六十度轉體的筋斗，吃了滿口泥沙，把我媽媽嚇得半死。那時候，媽媽愛在公園對街的租書店租一本小說，靠在公園的長板凳上讀著，由得我跟其他小孩子玩。她是小說迷，愛讀那些白日夢愛情小說，直到三十多歲，口味還是沒改變。

那家租書店是『手套小姐』開的。『手套小姐』的手套不戴在手上。她看上去年紀比我媽媽大一點，長年梳著一個肩上劉海的短髮，老是穿黑色的衣服。冬天的時候，她愛把一雙手套別在頭上當作頭飾。她那些手套甚麼顏色都有：紅的、綠的、紫的，軟軟的趴在頭上。

『手套小姐』平時很少說話，若不是坐在櫃台看書，便是躲在櫃台後面的一個房間裡不知道忙些甚麼。她的店是從來不休息的，書種多，常常有新書。我愛到那兒租漫畫書。店裡養了一隻長毛的雌性大白貓，牠老愛趴在書堆裡睡懶覺，不時在書封面上打上一個個梅花形掌印。牠彷彿有掉不完的毛，弄得那些書上常常黏著牠的毛，我和媽媽私底下把書店喚作『貓毛書店』，順便替那隻貓起了個名字叫『白髮魔女』。

2

那年夏天，我和媽媽接近一個月的冷戰，也是由一本從『貓毛書店』租回來的書開始的。那天晚上，我在自己房間裡做著那些該死的暑期作業。我是數學白痴，每次數學測驗都想逃學算了。我真的不明白，一個人要是不打算成為數學老師或是數學家，那麼，除了加減乘除之外，還有必要懂那麼多嗎？

比如這一題：一個年輕的馬戲班班主帶著六十頭海狗，準備坐船渡河。船家是個聰明漂亮的女生。她告訴班主，她收取的渡河費用，是渡河的海狗數目的一半。那麼，這個馬戲班班主該帶幾頭海狗上船？又該留下幾頭海狗給船家當作報酬？

既然是海狗，不是都可以自己游過去嗎？為甚麼還要坐船？船家漂不漂亮，是男是女，又有甚麼關係？

就在這時，本來在隔壁房間的媽媽拿著一本書，走到我的房間，倚著門扉，眼睛濕濕地跟我說：『維妮！這本書的結局很感動！女主角患了血癌，快要死了。男主角偏偏在這個時候患上一種罕有的失憶症，這種病會一天一天把過去忘掉。女主角死的時候，他已經不記得她是誰了……』

『我不覺得感動，好白痴！』我打斷她。

她停了一下沒說話，我低頭痛苦地思考著到底該把幾頭海狗丟到船上去。所以，我並沒有看到她臉上的表情。突然之間，她的語氣變了，訕訕地說：

『你一向也覺得鄭和比我聰明。』

鄭和不是明朝太監，而是我爸爸的名字。他原本叫鄭維和，朋友都叫他鄭和。每當媽媽生氣的時候，她喜歡連名帶姓叫他。即使在他們離婚後，這個習慣也沒有改變。

『我當然要嫁一個比我聰明的男人。』她說。

我懶得解釋我說的白痴不是指她，而是那本書的結局，還有那條海狗題。然而，『白痴』這兩字刺痛了她。我爸爸後來那位女朋友本來是他的初戀情人，當年，她因為要到外國留學而跟我爸爸分手。我爸爸結婚之後，她從外國回來了。這對初戀情人一直到幾年後才遇上，很快就愛火重燃。那個女的據說是個聰明、獨立又有本事的事業女性。我媽媽很介意這一點。我媽媽只是個中學畢業生。

『你看你！』媽媽指著我，語氣變得有點尖酸，問我說：『你甚麼時候把頭髮弄成這個樣子？』

我的頭髮已經做了好幾天，只是她一直沒說甚麼。那時我很迷徐璐。徐璐是當時很紅的歌手，除了唱歌好聽，還是潮流指標。她很會穿衣服，前衛得來又有品味。那陣子，她剛剛把一頭短髮燙鬈和染黑，每一根頭髮都像小鬈毛似的，刻意造成蓬鬆和乾巴巴的效果，非常好看。我到理髮店要求燙那種髮型。我沒拿著徐璐在雜誌上的照片指給我的理髮師看，那樣委實太尷尬了。我只是盡力描述那種鬈髮。結果，不知道是我詞不達意，還是他理解力有問題，我的『徐璐頭』像一包菜乾。

『你看起來像釋迦牟尼！』我媽媽愈說愈尖酸。她吵起架來一向很沒體育精神，我們明明是因為那本書而吵架，她最後總會拉扯到其他問題上。

『你又沒見過釋迦牟尼。』我回嘴。

『我見到他會問他！』

『他頭髮沒那麼長。』

『你該好好讀書，幹嘛跑去弄個釋迦頭？』

『我剛剛在做功課，是你過來騷擾我。』

『你還塗手指甲呢！』她瞄了瞄我，一副看不順眼的樣子。

那也是徐璐帶領的潮流。她喜歡把手指甲剪得短短，每片指甲隨便掃一抹顏色，看上去就像原本的指甲油脫了色似的。

我咬咬手指頭，沒好氣地說：『這又不影響我做功課。』

除了數學之外，我讀書的成績一向不錯，這方面，她是沒法挑剔我的。

她好像一時想不到說些甚麼，悻悻然回自己房間去。到了第二天，她把我當作隱形人似的，並且開始用字條跟我說話，顯然是為了報復『白痴』這兩個字。

我們用字條來溝通，也可以一起生活，我們或許根本就不需要跟對方說話。除了偶然覺得寂寞之外，我滿喜歡用字條代替說話，至少她沒法用字條來跟我吵架。

利用字條過日子是沒問題的，但是，一些比較親密的事情就沒法靠字條了。留下一張『我的胸罩釦子壞了，幫我買一個新的。』這種字條，便是太親密了，有點求和或是投降的意味，我絕對不會寫。我的胸罩一向是媽媽幫我買的。因為不肯向她低頭，結果，有好幾天，我只好戴著一個還沒乾透的胸罩上學，一整天都覺得胸口癢癢的。這種東西又不能跟人家借。

直到一天早上，媽媽放假在家。我在浴室裡刷牙，她經過浴室門口時，小伸了一個懶腰，若無其事地跟我說：『出去吃飯吧。』

原來她剛剛申請了某家飯店的折扣卡，兩個人吃飯只需要付一個人的錢，要是不帶我去，等於白便宜了那家飯店。

我們的冷戰在當天吃自助餐的時候結束了。她像擰開水龍頭似地不停跟我說話。那一刻，天知道我有多懷念互相傳字條的日子。

『我要買胸罩。』我說。

『待會一起去買。』她快活地說，啜了一口西瓜汁，又問我：『是三十二A吧？』

『哪有這麼小？』我抗議。

她開朗地笑，望著我的頭髮說：『這是徐璐頭吧？我也想弄一個。』

我用力搖頭。我才不要跟她看來像一雙姊妹花。我討厭跟人家一樣。

3

我的名字叫鄭維妮，是從我爸爸和媽媽的名字中各取一個字組成的。那時候他們很恩愛。聽說父母感情最好的時候生下來的孩子也比較聰明。我不知道我會不會特別聰明。十六歲的我，既孤芳自賞也缺乏自信，成天做著白日夢。因為是獨生兒的緣故，我習慣了一個人，卻又渴望朋友。小時候，我希望自己是個無父無母的孤兒，住在一幢孤兒院裡，有一大群朋友陪我玩，過著寄宿生似的快樂生活。長大了一點之後，我的想法改變了，我希望自己是個富有的孤兒，比方說：我媽媽是富甲一方的希臘女船王，死後留下一大筆遺產給我。等我到了十八歲，喜歡怎麼花那筆錢就怎麼花。拿到遺產之後，我首先會去環遊世界。

我睡房的牆上貼著一張彩色的世界地圖，有四張電影海報那麼大。這張地圖有個來歷，是我心中的一個秘密，也許有一天，我會把這個秘密告訴某個人，但不會是在十六歲的時候。

總之，這是一張特別的地圖，國與國的邊界沒有傳統的黑色硬線，而是化開了的水彩。海洋裡有鯊魚、鯨魚、海龜和螃蟹，某個山洞裡有一個藏寶箱。荷蘭的標記是風車、日本是櫻花、維也納是小提琴、奧地利是一顆古董水晶、布拉格是一塊油畫板、法國是一瓶香水、義大利靴子的頂端是一小塊乳酪、澳洲是樹熊、中國是大熊貓、西班牙是一頭傻呼呼的鬥牛、瑞士是一片巧克力、希臘是一幢圓頂小白屋。

我十六歲的時候，是一九九八年，那一年，到日本裡原宿旅行就像朝聖一樣，我也渴望著有一天能夠跑到那兒去。我已經決定，畢業後先當五年的空服員，那就可以到處飛，還能夠拿到便宜的機票。五年後，再想其他的事情也不遲。

為了儲錢將來去旅行，每個星期天和假期，我在一家日式乳酪蛋糕店打工。我很快就發現，依靠那份微薄的時薪，我大概只能用腳走路去旅行。

跟我一塊在店裡打工的一個女孩叫阿瑛。阿瑛跟我同年，是個孤兒，但她從來沒住過孤兒院，而是像遊牧民族般，輪流在親戚家裡居住。她並不是富有的孤兒，得一邊讀書一邊打工賺錢。

一天晚上，蛋糕店打烊之後，我和阿瑛拖著兩大袋賣剩的蛋糕到垃圾站去，阿瑛一邊走一邊告訴我說：『我常常幻想，十八歲生日的那天，突然有一個神秘人出現，通知我，有一大筆遺產要我繼承。原來，我是一個富翁的私生女。這個神秘人受我死去的爸爸所託，十八年來一直千方百計尋找我，但因為我常常搬家，所以他找不到我。』

『是真的就好了。』我說，又問她：『有了錢之後，你打算用來做甚麼？』

『我沒想過啊。』她轉過頭來問我：『要是你有錢呢？』

『環遊世界！』我說。

『要是我拿到遺產，我請你去。』她大方地說。

『好啊！』我把那袋蛋糕丟到垃圾桶裡去。

『我或者會先蓋一幢豪華的孤兒院。』回去蛋糕店的路上，阿瑛說。

『我媽媽唸書時曾經到孤兒院當過一個月的義工，讀故事書給那些小孩子聽。她說，那些男孩和女孩都長得很漂亮。』我說。

『對啊！那裡的孩子通常都是漂亮的無知少女跟帥氣的叛逆少年生下來的，然後就不要了。』阿瑛說。

阿瑛長得滿好看，有一雙雖然有點冷漠和固執、卻很漂亮的鳳眼，還有跟這雙冷眼不搭調的大而完美的胸部。我沒問阿瑛，她父母是否就是帥氣的叛逆少年和美麗的無知少女，而不是某個富翁和他的情人。

『我會把院裡的孤兒訓練成一流的神偷。』阿瑛說。

『為甚麼是神偷？』我問她。

『孤兒跟神偷是一對的啊！好浪漫！』中了很深電影毒的阿瑛說。

現實中的美麗孤兒阿瑛並沒有愛上神偷。阿瑛的男朋友小畢比她大三個月，是她的小學同學。後來，他進了美專唸設計。我沒見過小畢，阿瑛說他是貓頭鷹轉世，晚上不愛睡覺。

『不過，他畫畫真的漂亮。』她說。阿瑛偶爾會跟我談起小畢。

除了小畢，她有時也告訴我大熊的故事。大熊是她和小畢的小學同學。

『小學六年級的時候，我們參加學校的旅行。那天，大夥兒走在田邊的馬路上，小畢和大熊走在最前面。突然之間，不知從哪裡蹦出來一頭黃牛，追著當時身上搭著一件鮮紅色外套的小畢，小畢拚命逃跑，就在危急關頭，大熊他竟然搶了小畢身上那件紅色外套綁在自己身上，那頭瘋牛馬上轉過來追他。』有一天，阿瑛告訴我。

『哇——』我覺得這麼傻氣的男生真是世間罕有。

『後來怎樣？那頭瘋牛有沒有追到他？』我問阿瑛。

阿瑛搖搖頭說：『大熊是我們學校的飛毛腿！他是運動會一百米和兩百米短跑冠軍呢。他的腿特別長。只有七個月大的時候，他爸爸媽媽已經帶他參加第五屆「省港盃嬰兒爬行比賽」。那天，鐘聲一響，他便第一個撲出來，把其他對手拋得老遠，結果拿了第一名。』

『你是說第五屆？』我抓住阿瑛的胳膊。

『好像是第五屆。甚麼事？』她問我。

『沒事沒事。』我說。

『他還破了前四屆的紀錄，當年有一份報紙在第二天的新聞報道中封了他做「省港奇嬰」！』

『大熊一定是個很可愛的男生吧？』我笑了，又問阿瑛：『小畢也是這樣嗎？』

『小畢從來都不是一個開朗活潑的人。』

『那你和小畢是甚麼時候開始的？』

『就是那趟旅行之後啊。』

『為甚麼會是小畢？不是大熊比較勇敢嗎？』

『可是小畢長得比較帥啊！而且，他好像很需要照顧的樣子。』

『大熊長得很難看嗎？』

『當然不是。』阿瑛皺了皺眉說：『那就好比說，我喜歡吃蛋糕，但他是餅乾。』

停了一下，她若有所思地說：『大熊也許喜歡過我。』

4

一個星期天，乳酪蛋糕店外面正排著彎彎曲曲看不見盡頭的一條人龍，我和阿瑛在店裡忙得團團轉，她告訴我說：『大熊給學校開除了。』

『為甚麼？』我一邊把一個綠茶乳酪蛋糕塞進紙袋裡給客人一邊問。

『聽說他有天夜晚跟一個同學回去學校教員室偷試題，給一個男教師碰個正著，當場把他逮住，另外那個人逃脫了。』

『偷試題？』每次數學測驗之前把試題偷出來看，一直是我的夢想，因此，當聽到大熊偷試題的英雄事跡，我很好奇。

『他好像不是偷給自己，而是偷給另一個人的，因為大熊偷的是數學試題。他數學的成績一向很好，以前考試也不像是事前知道試題。』

『就是這樣，所以給開除了嗎？』

『學校本來是要報案的，不過，後來因為數學老師替他求情，所以只是把他開除，而且──』阿瑛露出一個歪斜的笑容。

『而且甚麼？』

『大熊回去偷試題的那天晚上，在黑濛濛的教員室裡撞見那個男教師跟一個女教師，他們好像正在做一些曖昧的事情，那個男教師臉上還有一個口紅印呢。校長為免傳出醜聞，才沒把事情鬧大。』

『一定要開除嗎？』我問阿瑛。

『不知道為甚麼，那個校長似乎很討厭大熊。』

『還有一年就要會考了，大熊怎麼辦？』我有點替他擔心。

『聽小畢說，大熊到現在還沒找到學校。原本，只要肯供出當晚逃脫的那個人，他是可以留下來的。校長給了他三個禮拜考慮，但他始終不肯說。』

『那個人會不會是他女朋友，所以他不肯供出來？』我和阿瑛合力把一盤剛剛烤好的乳酪蛋糕搬出去。

『大熊唸的是男校，除非他是同性戀。』阿瑛說。

那天下班之後，我和阿瑛都累癱了，分手時甚麼也沒說。回家的路上，我戴著耳機聽徐璐的新歌〈我的男友喜歡男〉。聽了大熊的那些故事，我想，他要不是同性戀，便是義薄雲天的大俠了。

5

八月底，暑假結束了，我升上中學四年級。因為整個暑假都習慣了十點鐘之後才懶洋洋地起床，所以，開學的第一天，當我從床上醒來，鬧鐘早在半小時前已經響過了。我慌忙踢開被子，跳起來梳洗，並且以比消防員救火還要快的速度罩上白襯衫和淺藍色的校裙，帶著背包衝到街上。

當我回到學校，離第一節課只剩下不到七分鐘的時間。我匆匆跑到走廊的報告板前看看編班表。我的名字出現在中四B班的名單上。我抬起頭，看到芝儀在老遠的上面朝我大大地揮手。一、二、三、四、五、六、七！我在心中逐層樓數著，課室在七樓。我幾乎昏了過去。

我喘著氣爬上樓梯，終於看到芝儀。

『我們又同班了！』我高興地朝她笑笑。

『快點進去吧！』她催促我。

我走進課室，大家都已經選好了座位，芝儀坐在第二排，旁邊已經有人了。我長得比她高，除了中一那年之外，從沒機會跟她一塊坐。於是，我坐到第一行最後一排。我喜歡坐在後排，離老師遠一點，感覺上比較自由。

我坐下來，把書包放在桌子底下。剛剛名單上有三十八個號碼，課室裡的座位每一行都是排雙的，我卻落單了。我旁邊的座位空著，應該還有一個人沒來。

是誰比我還要遲？我莫名其妙地想到大熊。他已經找到學校了嗎？會不會就是我的學校？

我一直望著門口。這時，第一節課的鐘聲響起，與鐘聲同步走進來一個男生，瀟瀟灑灑、不急不緩的在我身邊落坐。這時候，班上幾乎所有人都同時朝我這邊看，芝儀張大眼睛，跟我交換了一個驚歎的神色。

坐在我旁邊的是小胖子劉星一。中一的時候，我們曾經同班。他胖得一串下巴疊起來，每次上體育課也會弄得滿頭大汗，走起路來兩條大腿和兩邊臉頰劈啪劈啪的響，像交響曲似的。中三暑假前的一天，我在化學實驗室見過他，他比從前更胖，眼睛濕濕，頭髮也濕濕的，孤零零地躲在那兒。我悄悄替他開了空調，然後把門關上。

誰也沒想到，過了一個暑假，他竟然告別了相撲手的身材，身上的肥肉全都不見了，而且像踩了高蹺一樣，一下子長高了許多。他皮膚白皙，五官本來就不難看，是個很可愛的小胖子。減掉十幾公斤之後，只剩一個下巴，連輪廓都漂亮起來，怎麼看都是個帥氣的男生。

『你是劉星一？』我震驚得半張著嘴巴問他。

他朝我點點頭。從前那個眼神有點落寞和自卑的小胖子已經一去無蹤。星一的笑容竟然帶著些許不羈。

6

『你看到嗎？他整個暑假都吃些甚麼？』小息的時候我和芝儀挨在七樓走廊的欄杆上，她在我耳邊說個不停。

可是，我沒心情聊天。我心裡難過死了。開學之前，我一直祈禱千萬別讓『小矮人』當我的班主任。誰知道，當我仍然處於劉星一的纖體震撼中，一個更大的震撼把我整個人擊倒了——『小矮人』走進課室來。雖然他長得不比我們的書桌高很多，但我還是看到矮矮胖胖像樹墩的他緩緩橫過第一排桌子，然後突然從第三行和第四行的通道之間冒出來，臉上帶著一個『我一整天都覺得很不耐煩！』和『我不覺得人生很有趣！』的表情，向我們宣布，他是我們這一年的班主任。

『小矮人』人如其名，真實名字已經沒有人提起了。他是數學老師，中三的時候教過我。憑我的數學成績，他自然不會對我有甚麼好印象。

中文老師、英文老師、或是體育老師們，通常都會有自己偏愛的學生。但是，數學老師這種生物，好像是沒感情的。小矮人也不例外，他沒有特別喜歡誰，他也沒有仰慕者，不會有學生小息或放學之後纏著他聊天。學校舉行聖誕慶祝會的時候，學生們會起鬨要老師一起玩遊戲，但從來沒有學生敢邀請小矮人。沒有人知道看上去快四十歲的小矮人結婚了沒有，不過，大家都非常肯定白雪公主不會愛上他就是了。

那個星期結束的時候，我們已經知道哪一位老師負責哪一科。教中文的是『薰衣草』。他約莫三十歲。男老師之中，以他最會穿衣服。他很講究，絕對不會連續兩天穿同一套衣服。即使是夏天，他身上也一定有外套。他說，沒穿外套就好像沒穿衣服。他好喜歡紫色，身上幾乎總有紫色，眼鏡框也是淺紫色的，所以我們都叫他『薰衣草』。他看上去有點蒼白和單薄。雖然臉上常常掛著微笑，但是，他的身影似乎總是帶著一點點憂鬱。

教英文的是前一年已經教過我們的『盜墓者羅拉』，又簡稱『盜墓者』。她的英文名字叫Lara。一九九八年的時候，那個『盜墓者羅拉』的網上遊戲風行一時，遊戲中的性感女角剛好也叫Lara，所以，我們都開始在背後叫她『盜墓者』。『盜墓者』並沒有像遊戲中的羅拉穿得那麼少。她看上去有三十幾歲，戴著玻璃瓶底厚的眼鏡，脾氣有點古怪，一時很熱情，一時很冷淡。心情好的時候，她會請我們吃巧克力和餅乾，她甚至容許我們一邊上課一邊吃。她書教得很好，有學問，又勤力，經常是最後一個離開學校的。芝儀喜歡她，甚至有點崇拜她。芝儀的英文很好，盜墓者因此對她另眼相看，常常分給她最多的巧克力，又喜歡叫她回答問題。

芝儀是我在學校裡最好的朋友。她的右腳比左腳短了一些，走路有點微跛，要是不很留心看，根本看不出來。身體不太好的她有一張蒼白的臉和一雙漂亮的杏眼，唱歌好聽，鋼琴彈得很棒，是學校合唱團的女高音。誰都會以為她就像外表看起來那麼文靜，只有跟我一起的時候，她才會說很多話。她跟我一樣喜歡徐璐。她比我更瘋狂，家裡全是徐璐的海報。我們看過徐璐每一場演唱會，但是，我們沒參加歌迷會，也沒試過去等徐璐。

『隔了一點距離的愛比較完美。』芝儀常常引述徐璐這句名言說。

7

星期天，我到乳酪蛋糕店打工。阿瑛跟我一樣，升上中學四年級。我告訴她星一的事。

『他到底用甚麼方法減肥？』阿瑛好奇地問。

『我沒問他。他不大跟我說話。當時只有我旁邊的座位空著，他好像是沒選擇才跟我坐似的。』我說。

就在這時，我發現一隻穿皮鞋的大腳掌出現在排隊買蛋糕的人龍中。那隻大腳掌從隊伍中叉開來踩在地上，不小心露出兩吋高的鞋跟。

『是小矮人！』我連忙蹲下去，躲在櫃台後面，拉著阿瑛的衣袖低聲慘叫。

『就是你說的那個班主任？他這麼矮你也看到？』她踮起腳尖想看看誰是我經常掛在嘴邊的小矮人。

『我看到他的高跟鞋。』我小聲說。

『喔，我看到了。』阿瑛說。

我縮在阿瑛腳邊。

『一個乳酪蛋糕。』過了一會，我聽到小矮人的聲音在櫃台外面響起。

『他走了。』阿瑛拍拍我的胳膊說。

我站起來，吐了一口氣，看到小矮人一轉身就急不及待打開蛋糕盒，撕了一大片蛋糕往嘴裡塞，吃得有滋有味的樣子，好像已經餓了很久。

『我一定不可以讓他知道我在這裡打工。』我說。

『為甚麼？你們學校不准學生做兼職的嗎？』阿瑛問我。

我看著小矮人吃蛋糕的背影說：『要是他懷疑我看到他這個模樣，他一定不會給我好日子過！』

『他很可憐呢。長得這麼矮，小時候一定常常給同學欺負。』阿瑛說。

在阿瑛眼中，似乎每個男生都像孤兒那麼可憐。

『大熊找到學校沒有？』我問她。

『好像還沒消息。』她說。

『那怎麼辦？都開學了。』我說。

隔了一個星期，我和阿瑛又在蛋糕店見面。

『原來大熊進了你們學校。』她告訴我。

『哪一班？』我驚訝地問。

『跟你一樣是中四，我不知道是哪一班。你們這幾天有沒有新來的插班生？』

『大熊的名字是？』我嚇得閉上眼睛。

『熊大平。』

『噢！真的是他！』我慘叫。

『你見到他了嗎？』

『你說的大熊，不是像熊人那樣又高又壯的嗎？』

『「大熊」是他的花名啊！我已經兩年沒見過他了，不知道他長得高不高壯不壯。他不矮就是了，我不曉得他有沒有繼續長高。』

『他有長高。』我說。

『到底是怎麼回事？』阿瑛問。

『我不喜歡他的頭髮。』我說。

事情是這樣的，星期一那天，來上第一節課的小矮人後面跟著一個比他高出一個頭的男生。

『你就坐在另一個菜乾頭後面吧。』小矮人指著我說。

班上的人全都笑了起來，那個肩上甩著一個重甸甸的背包、長得瘦瘦高高的男生一臉尷尬地走到我和星一後面的空位坐下來。他竟然跟我一樣，燙了個『徐璐頭』，害我成為笑柄。

『甚麼男生會去燙髮嘛！』小息的時候，我跟芝儀在洗手間裡說。

『可能他也是徐璐的歌迷吧。』芝儀說。

『我要去把頭髮拉直。』我望著洗手間裡的鏡子說。

『他燙頭髮？那真奇怪，他向來都不修邊幅，也不愛美，怎麼說都不像那種會去燙頭髮的男生，還燙成那個樣子，一定有原因吧！』阿瑛露出難以置信的表情。

『甚麼那個樣子嘛？』我摸摸頭髮，噘著嘴說。

我親眼見到的大熊，跟我從阿瑛那兒聽來的英雄事跡，好像怎樣也拉不上關係。那幾天，我很少轉過頭去看他，因為看到他就好像看到我自己。連芝儀都說，要不是我穿裙子，她會把我們兩個弄錯。

8

坐在我後面的大熊很靜，靜得好像不存在似的。他從來不發問，在班上是個不起眼的人。我有時會從肩頭偷偷瞄他，看看他是不是睡著了，他有好幾次真的是托著頭睡覺，另外幾次是在偷偷看書，陶醉的樣子不像是在看課堂上的書。已經是中四生了，字卻寫得歪歪斜斜，像個小五生似的。他懶得不像話，幾乎從來不交功課。當我們要把功課傳到前面的時候，他只會不好意思地聳聳肩。這時，星一會替他隱瞞。他們不知道是甚麼時候成為朋友的，兩個人小息的時候常常走在一起。上課時坐在他們旁邊和前面的我，好像是多餘的。那個年紀的男生，是不是都瞧不起女生？

不做功課的大熊，數學卻很厲害。派回來的數學測驗卷，由第一排傳上來，我每次也會看到他的分數。他每次都拿一百分。小矮人有時會叫他出去黑板做數學題，他靜靜地做完，做得比誰都快，我看到小矮人臉上罕有地露出驚訝的神色。阿瑛說他偷數學試題不是為自己，看來是真的。不過，其他的科目，他便很勉強了，好多次因為不交功課而受罰，還是死性不改。他甚至連盜墓者的功課都竟然有膽子不交。

有一天，我們正在上盜墓者的課，盜墓者那天的心情特別好，請我們吃巧克力餅乾。突然之間，後面有人用手指戳了我一下。我轉過頭去，是大熊他用手指戳我，他嘴邊還黏著餅乾碎屑。

『是不是你掉在地上的？』他把我的一張學生照片還給我。那張照片可能是我拿東西時不小心從書包裡掉出來的。

『謝謝你。』

『你的照片……可以給我嗎？』他羞羞怯怯地說。

我呆了半晌。這時，盜墓者正瞅著我，我慌忙給了大熊那張照片，把他打發掉。

9

『大熊跟我要了一張照片呢。』在麥當勞吃午飯的時候，我告訴芝儀。

『甚麼照片？』

『學生照片。他在地上拾到的。』

『他要來幹嘛？』芝儀瞪大眼睛。

『我不知道。要不是盜墓者剛剛看過來，我才不會給他。』

『他會不會想追你？』芝儀咬著漢堡包問。

『不會吧？』我摸摸頭髮說。我本來要把頭髮拉直，但是，聽說燙過不久的頭髮勉強拉直，只會又乾又難看，到時候便真的像菜乾了。我只好每天努力梳出另一個髮型，盡量不要跟大熊相似。這全都是因為大熊。我每天早上對著鏡子梳頭的時候，不知道有多麼恨他。

『你看看是誰？』芝儀突然很緊張的抓住我的手。

一個高眺的身影推開玻璃門緩緩走進來，我和芝儀都呆住了。我們沒想到會在麥當勞見到徐璐。她一張素臉，頂著一頭鬈髮，身上穿著小背心和一條破破爛爛的牛仔褲，很隨便，卻很有性格。

『沒想到她也吃麥當勞呢。』芝儀興奮地說。

徐璐跟一個同樣穿破爛牛仔褲的漂亮男生一起，兩個人很親暱地在櫃台前面排隊。徐璐一隻手勾住那個男生的褲頭，淘氣地把他搖來搖去，然後又甜甜地把頭靠在他肩上。

他們買了漢堡包和薯條。許多人停下來看著他們，也許，大家對她的出現太震驚了，沒來得及找她簽名，只能巴巴地看著她一邊瀟灑地吃著薯條一邊走出去，上了一輛在外面等著的車。

『那個男的是她新男友吧？看上去很花心呢。』芝儀說。

剛剛徐璐進來的時候，我不知道有多害怕她看到我的頭髮。我就像個拙劣的模仿者或是一個沒思想的歌迷，太令人難堪了。要是大熊也在，憑他那個和我一樣的頭，就可以把我的難堪分擔一半。

10

自從大熊問我要了照片之後，第二天在課室裡見到他時，那種感覺怪尷尬的。他就坐在我後面，說不定上課時一直盯著我的後腦勺，我卻看不到他。他依然很靜，並沒有任何進一步的行動。接下來那幾天的小息，他都跟星一和幾個男生在操場上打籃球。減肥成功的星一成了學校裡的神話，也為所有痴肥少女燃點了做人的希望。即使是一點都不胖的薰衣草，有天上課時也忍不住問星一：

『劉星一，你上哪一間纖體中心？』

『沒有啊，就只是運動和節食。』星一淡淡然的答案，聽起來就像那些很有性格的漂亮女明星。

由青蛙搖身一變成為王子的星一，很受女生歡迎。他在操場上打籃球的時候，每一層樓都有女生靠在欄杆上替他打氣、悄悄議論他。外形改變了的星一，人也好像一夜之間長大了。大熊卻還是像個孩子，站著時從來不會挺直腰板，老是有點歪歪斜斜，好像準備隨時再睡上一覺，每天穿的白襯衫要不是皺巴巴，便是從褲頭裡跑了出來，吃過的東西一定留點碎屑或是污漬在臉上和身上。他的書包重得像石頭，甩在桌上時會發出巨響，也許是因為從來沒清理過。他有一雙大腳，那雙鞋子大得可以用來養一窩小雞，鬆脫的鞋帶從來不會去綁。他打球時一頭亂髮盪著汗水，粗粗魯魯的拍著球穿來穿去，有時還會露出一雙多毛的腿，投籃的時候並不會像星一那樣自覺地擺出一個瀟灑的姿勢。在星一身邊，他是那麼不起眼。

那便是真正的大熊嗎？那個為了拯救朋友而冒險把一頭瘋牛引開的大熊，不會那麼簡單。

11

芝儀一連病了幾天，連數學測驗那天都沒法回來，我真羨慕她。除了她，我在學校裡並沒有其他談得來的朋友。沒有她，我也懶得一個人出去吃飯。那天午飯的時候，我索性留在座位上一邊吃酥皮肉鬆麵包一邊溫習下午的數學測驗。

我雙手支著頭，苦惱地望著那些幾何。這時，背後有人用手指戳了我一下。我轉過頭去，是大熊。本來趴著睡的他，好像剛剛醒來的樣子，望著我手上的麵包說：

『好餓，可以分一點給我嗎？』

『我有多一個。』我分給他另一個酥皮肉鬆麵包，我本來打算留待小息時吃的。

『謝謝你。』他很不好意思的吃了起來，吃得滿嘴都是麵包屑。

『這一題，你會做嗎？』我拿起那本數學補充練習，讀給他聽：『有位飛行員往正南方飛一百公里，然後往東飛了一百公里，再往北飛了一百公里，結果發現他又回到了起點。請問他是從哪兒起飛的？』

『北極。』大熊想也不用想就說。

『為甚麼？』我不明白。

他咬著麵包，在書桌底下的抽屜裡找到一張皺巴巴的白紙，在上面畫了這幅圖：

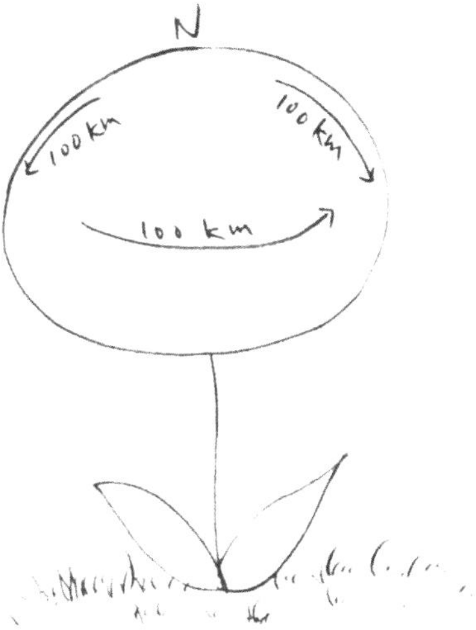

『為甚麼是北極？』

『這只是個取巧的問題。因為地球是橢圓形的，北極在地球的頂端，圍繞著這個中心點飛行，不管怎樣，最後還是會回到起點。』

我似懂非懂地看著他畫的那張圖。

『還可以有另外兩個起點。』他咬了一口麵包說。

『是嗎？』

『算了吧。』他手支著頭說：『小矮人不會出這一題的，那牽涉到地球儀上的曲線，說出來你也不會明白。』

『你怎知道我不明白？』我不服氣地問。

『你連第一個答案都不知道。』他懶洋洋地說。

我噘著嘴，瞪了他一眼。

『麵包多少錢？』他突然問我。

『算了吧。』我說。

『多少錢？』他很堅持。

我豎起三根指頭。

他從口袋裡掏出三塊錢給我，閃著眼睛說：『很好吃，明天可以幫我買一個嗎？』

我瞥了瞥他，不知好氣還是好笑。這個人，真是拿他沒辦法。

『待會測驗，你抄我的吧。』他頭往後靠，伸了個懶腰說。

『千萬不要！』我警告他：『小矮人可是出了名辣手無情的，要是給他逮到，你又會給趕出校。』

他微微怔了一下，奇怪我為甚麼會知道他給學校開除的事，我連忙轉過頭去，假裝繼續溫習。雖然沒領情，我心裡可是有點感激他。

下午的數學測驗正如大熊說的，果然沒有出飛行員那一題。六條題目中，我僅僅會做其中兩條，餘下來的都是胡亂寫的。當大熊把他那份測驗卷傳上來時，我幾經掙扎才沒有抄他的。

然而，那一節課結束的時候，小矮人卻突然望著我們兩個，陰沉沉地說：

『熊大平、鄭維妮，你們出來。』

難道小矮人連我偷偷瞄了一眼大熊的試卷也發現了？我站起身，有點擔心地走出去，大熊跟在我後面。

『你們兩個，哪一個可以給我解釋一下？』小矮人拿起一本學生手冊，翻到第一頁朝班上的同學舉起來。那是大熊的手冊，上面貼著他的照片。不，等一下……那不是大熊的照片，是大熊把自己的頭剪貼到別人的照片上，當成是自己的，剪貼的技術很拙劣，他的頭髮還是直的。

小矮人瞪了我們兩個一眼，然後把大熊的頭從那張照片上撕下來，底下竟然是我的照片。大熊拿了我的照片，原來是這個用途。那天，小矮人催促我們交手冊，他自己沒帶照片，所以，無意中在地上拾到我的照片時靈機一觸，把自己一張舊照片的頭剪下來，貼到我頭上。男生和女生的校服，上半身是一樣的白襯衫，只有下半身不同。真虧他想得出來。

『你的照片呢？』小矮人問大熊。

『還沒去拍。』大熊有點帶窘地回答說。

『所以就隨便找張舊照片貼到鄭維妮的照片上頂替吧？反正兩個人上半身一樣。這是人皮面具還是貼紙相？你們兩個很會搞笑呢。』小矮人嘲諷地說，臉上卻一逕掛著一個『你以為我真的覺得很好笑嗎？你看不出我在說反話嗎？』的表情。

班上的同學這時全都笑得前搖後晃，連作為受害人的我，也忍不住笑了出來。

『你們兩個今天放學後給我到圖書館留堂一個鐘頭。』小矮人拋下這句話才走出課室。

大熊望著我，抱歉的樣子。

12

那天放學後，我乖乖的在圖書館裡留堂，大熊卻不知去了哪裡。要是小矮人突擊檢查的話，他死定了。男生腦子裡到底都裝些甚麼？好像老是天不怕地不怕似的。

我百無聊賴，在書架上拿了一本《哺乳動物圖鑑》來看。學校圖書館的書一般都很悶，比不上『貓毛書店』那邊有趣。我在那兒租過一本《聽聽屍體怎麼說》，書裡說有些人死後還會長指甲，好可怕。還有一本《屍體想你知》和《誰拿走了那條屍》。總之，凡是跟屍體有關的，不管是古屍還是現代屍，我都喜歡。有時候，我自己都不禁懷疑自己是否有點戀屍癖或是心理不正常。

我翻開手上那本《哺乳動物圖鑑》，裡面有一章提到熊。美洲黑熊已經適應了人類社會，會儘量避開衝突。棕熊需要廣闊的曠野才能生存，極少攻擊人類。懶熊的黑毛雜亂蓬鬆，一副不修邊幅的樣子。大熊到底像哪一種熊？是愛自由的棕熊、愛好和平的美洲黑熊，還是懶洋洋、上課經常睡覺的懶熊？

可是，大熊長得根本一點都不像熊。他不是龐然巨物，沒有粗壯的四肢，也沒有近視。相反，他有一雙聰明又孩子氣的大眼睛，臉上永遠掛著一個不知道是害羞還是怕麻煩的表情。偏偏是這樣的男生，讓你好想好想像頑皮狗兒在家中大肆搗亂那樣，弄亂他那頭本來就亂蓬蓬的頭髮。

那天，大熊始終沒有出現，我雙手支著頭，望著書發獃。就在那時候，星一來了。他手插著褲袋，一進來就直接往書架那邊走。坐在我身邊的幾個初中女生紛紛把雀躍的目光投向他，小聲議論著他。大熊並沒有跟他一起。我看看手表，距離留堂結束的時間還剩下十分鐘。那十分鐘突然變得好漫長，我不知道該祈禱大熊快點趕來還是希望小矮人千萬不要來。

結果，他們兩個都沒來。我鬆了一口氣，站起身，拎起背包，把那本《哺乳動物圖鑑》放回書架上去。

在一排書架後面，我看到正站著看書的星一。

『劉星一，你有沒有看見熊大平？』我問他。

他帶著些許笑意的眼睛朝我抬起來，聳聳肩。

『告訴他，他死定了。小矮人來過。』我裝出一副很嚴肅，又有點幸災樂禍的表情說。然後，我邁開大步走出圖書館，撇著嘴，忍笑忍得好辛苦。

13

第二天，我在樓梯碰到大熊。那時，第一節課的鐘聲已經響過了，我一次跨兩級地衝上樓梯。大熊從後面趕上來，書包甩在一邊肩頭上，很快便走在我前頭。發現我時，他退了回來，問我：『小矮人昨天真的去了圖書館？』

我故意不告訴他。

他臉上露出惶恐的神色，我憋住笑。

『你昨天為甚麼沒出現？』我問他。

『我忘記了。』他懊惱地說。

我翻翻眼睛，裝出一副我幫不上忙的樣子。但他很快便不再懊惱了，好像覺得事情既然已經發生了，就讓它發生吧。然後，他撇下我，自顧自往上衝。

要是讓他首先進課室去，我便是最後一個了，想到這裡，我拚命追上去，從後面拉住他的書包喊：『喂！等等！』

我竟然笨得忘了他的書包一向有如大石般重，用來沉屍海底再也適合不過。然而，我這時後悔已經太遲了，他本能地抓住樓梯扶手，那個書包離開了他的肩頭，朝我迎面襲來，擊中了我的臉，我好比給一個沙包打中了，整個人失去平衡掉了下去。我拚命想抓住些東西來穩住自己，卻沒能抓住，一直往後墜，左腳撞到了樓梯扶手，後腦著地時剛好壓著自己的背包。

大熊站在樓梯上，驚駭地望著我。

千分之一秒之間，我把掀了起來的裙子蓋好，便再也沒法動。

他走下來，囁嚅著問我：『你……你沒事吧？』
這是不是就是所謂報應？早知如此，我才不會戲弄他。
接著，我給送到醫院去，照了幾張X光片。那位當值的大齙牙醫生問我知不知道自己是誰？我說出名字，他露出大齙牙笑了，說：『鄭維妮，是小熊維尼的維尼嗎？』
我腦袋沒事，左腳卻沒那麼幸運，腳踝那兒腫了起來，活像一隻豬蹄，得敷三個禮拜的藥。
隔天，我踩著膠拖鞋，一拐一拐地上學去。大熊看到我，露出很內疚的樣子。
小息的時候，我留在座位上，他在後面戳了我一下。
『甚麼事？』我轉過頭去，鼓著氣問他。
『對不起。』他說。
『你書包裡都裝些甚麼？』
『都是書。』他尷尬地說。
『你上一次清理書包是甚麼時候？』
『書包要清理的嗎？』他一臉愕然。

『你從來不清理書包？』

他搖搖頭。

『你把所有書都帶在身上？』我問他。

他點點頭，好像理所當然的樣子。

我眼睛往上翻了翻，嘆了口氣，埋怨他：『你差點兒害死我。我現在得每天坐計程車上學。』然後，我把頭轉回來，沒理他，站起身，一拐一拐地走出課室。

芝儀在走廊上，我朝她走去。她看到我，反而馬上走開。

『芝儀。』我就像單手划船似地朝她划去，問她說，『你沒聽見我叫你嗎？』

她望了望我，臉上的神色有點異樣。

『維妮，我們暫時還是不要走在一起。』她說。

『為甚麼？』我怔了一下。

她低頭望了望我的腳說：『我們一個拐左邊，一個拐右邊，你以為很有趣嗎？你知道我最害怕甚麼嗎？』她停了一下，抿了抿嘴唇，有點激動地說：『我最害怕在街上迎面走來一個跟我一樣的人，他也是一拐一拐的。』

『可我不是——』我說到嘴邊的話止住了。

『你不是真的，但我是。對不起，等你的腳沒事再說吧。』她轉過身去，拖著一個孤寂的背影走遠了。

都是大熊惹的禍，他害我沒朋友。

午飯的時候，我留在課室沒出去，吃別人幫我買的排骨飯，我需要補充骨膠原。午飯時間過了一半，大熊回到課室來。我板著臉，裝著沒看到他。他坐到後面，戳了我一下。

『又有甚麼事？』我轉過頭問他。

他手上拿著錢包，從錢包裡挖出幾張皺巴巴的鈔票和一堆零錢，推到我面前，說：

『你拿去吧。』

『甚麼意思？』

『給你坐計程車。』

『這裡怎麼夠？』我瞥了瞥他。

『我再想辦法吧。』他搔搔頭。

我把那些錢撿起來，偷偷瞄了他一眼，說：

『對呀！你賣血也得籌錢給我。』

他無奈地看著空空的錢包。

幾天之後，他再給了我幾張皺巴巴的鈔票，說：『你拿去吧。』

我像個高利貸似的，數了數他給我的錢，然後滿意地收下。

那幾天，他中午都沒出去吃飯，留在課室的座位上睡懶覺。我吃同學幫我買的午飯。芝儀依然避開我。

然後有一天，我吃著自己買的麵包，聽到後面傳來咕嚕咕嚕的聲音。我轉過頭去，看到大熊，那些聲音從他肚子裡發出來，他好像很餓的樣子。我把一袋麵包丟在他面前，說：『我吃不下這麼多，你可以幫我吃一些嗎？』

他點點頭，連忙把麵包塞進嘴裡。

『你為甚麼不去吃飯？』我問他。

『我這個月的零用錢都給了你。』他咬著麵包說。

『這是你自願的，可別怪我。』我停了一下，問他：『你也喜歡徐璐嗎？』

他怔了怔，不大明白。

『要不然你幹嘛燙這個頭？』我瞄了瞄他的頭髮。

『我有個朋友在理髮店當學徒，他那天找不到模特兒練習，所以找我幫忙。』他說。

『然後你就變成這樣？』我嘆了口氣。阿瑛說得沒錯，他果然不是那種會去燙髮的男生，而是那種朋友叫他去刮光頭他也會答應的笨蛋。

『手冊的照片，你拍了沒有？』我問他。

他搖搖頭，一副不知死活的樣子。

『你不知道下面地鐵站有一台自動拍照機嗎？』

他眨眨眼，似乎真的不知道。

我從錢包裡掏出三十塊錢丟在他面前說：

『你拿去拍照吧，再交不出照片，小矮人會剝了你的皮來包餃子。』

『謝謝你，錢我會還給你。』他撿起那三十塊錢說。

我覺得好笑，那些錢本來就是他的。

那天放學之後，我沒坐計程車，拐著腳走向地鐵站。那個顏色像向日葵的站口朝我展開來，我鑽進去，乘搭一列長得不見底的自動樓梯往下。車站大堂蓋在地底十米深的地方，在我出生以前，這兒還只是佈滿泥沙、石頭和水，說不定也有幸福的魚兒在地下水裡游泳，而今已經成了人流匆匆的車站。

距離閘口不遠的地方放著一台自動拍照機，看起來就像一個銀色的大箱子，會吞下鈔票然後把照片吐出來。我從來不覺得它特別，直到這一天，我緩緩走向它，發現那條黑色的布幔拉上了，底下露出一雙熟悉的大腳，穿著深藍色褲子的長腿不是好好合攏，而是自由又懶散地擺著，腳下那雙磨得灰白的黑皮鞋一如以往地沒繫好鞋帶，那個把我撞倒的黑色書包擱在腳邊。就在那一刻，布幔後面的鎂光燈如魔似幻地閃亮了一下。我掏出車票，帶著一個微笑，一拐一拐地朝月台走去。

許多年後，我常常回想這一幕。要是我當時走上去掀開布幔，發現坐在裡面的不是大熊而是另一個人，我該怎麼辦？我的人生會否不一樣？

14

三個星期之後，我的腳傷痊癒了。曾經嫌棄我一拐一拐的芝儀又再和我走在一塊。

那天，我們在迴轉壽司店吃午飯的時候，她突然說：

『今天由我來請客吧。』

『為甚麼？』我把一片魚卵壽司塞進嘴裡。

『對不起，你一定覺得我這個人太敏感了吧？』她歉意的眼睛朝我看。

『真的沒關係。』我說。那段拐著腳走路的日子雖然只有短短的三個星期，卻已經長得足夠讓我諒解芝儀。

那時候，我最害怕的，不過是數學罷了，跟芝儀所害怕的，根本無法相比。『我最害怕在街上迎面走來一個跟我一樣的人，他也是一拐一拐的。』我無法忘記她說的這句話。

『多吃一點吧，我不是常常這麼慷慨的。』她笑笑說。

『那我不客氣了。』我又拿了一碟魚卵壽司，問她說：『有甚麼東西是看上去太整齊了，你很想把它弄亂的？』

『我說出來你會不會覺得我變態？』她有點不好意思，眼睛裡卻又帶著一絲笑意。

『是甚麼？』我好奇地問。

『每次看到一些小孩子很用心砌了半天的積木，像是堡壘啦、房子啦，我都很想一手把它們全都推倒，然後看著那些小孩子流著兩行鼻涕大哭大叫。光是在心裡想，已經覺得痛快。』她吐吐舌頭說。

『果然是很變態呢。』我說。

只想弄亂大熊的頭髮的我，和芝儀相比，真是個正常不過的人。

『是星一。』芝儀突然壓低聲音說。

我轉過頭去，看到星一和大熊坐在迴轉帶的另一頭。大熊的零用錢不是全都給了我嗎？他哪裡還有錢吃飯？我這天跟芝儀外出吃飯之前，還故意丟給他一袋麵包，說是因為我臨時改變主意出去，所以麵包給他吃。三個星期以來，我吃甚麼都留一些給他，撒謊說自己吃不下那麼多。他這個笨蛋竟然每次都相信。要騙他，根本就不需要想出一些新的理由。

他為甚麼突然跑來吃壽司？說不定他這天也跟我一樣，由身邊的人請客。

『我要做一個實驗。』我在心裡說。

一碟魚卵壽司正朝我這邊轉過來，快要經過我面前。它來到我面前了，然後繼續往前走，我的目光追著它。

這時，星一看到了我，似笑非笑地，好像是介乎想跟我打招呼和不想打招呼之間，大熊也看到了我，傻氣地望了望我，然後又轉過頭去繼續跟星一聊天。

我手肘抵著桌邊，目光一直斜斜地、悄悄地追著那碟橘紅色的魚卵壽司，祈禱它千萬不要中途給別人拿走了。經過一段漫長迂迴的路，它終於安全抵達大熊面前。

大熊很歡喜地，馬上把它從迴轉帶上拿起來，一個人吃得很滋味。

不是每個人都受得了魚卵壽司的那股腥味，芝儀就從來不吃，星一連看都沒看一眼。然而，喜歡它的人就是迷上那股獨特的海水味道。大熊喜歡魚卵壽司；還有就是，他剛好拿起了我挑中的那一碟，而不是前頭經過的或是後來的那些。

『實驗成功了！』我在心中喝采。

然而，到底是甚麼樣的實驗，當時的我卻無法具體說出來。是心靈感應的測試嗎？是口味是否相同的鑑定嗎？還是一個十六歲的女孩做著天真的愛情實驗，然後為一個宛若魚卵般微小的共通點和一個偶然樂上半天，絲絲回味？

15

就在壽司店的實驗成功之後不久，一天放學後，我獨個兒去坐地鐵。那天的人很多，車廂裡像擠沙丁魚似的。我抓住扶手，戴著耳機聽歌，雙眼無聊地望著車廂頂的廣告。當我的目光無意中轉回來的時候，發現大熊在另一個車廂裡，露出了半個亂蓬蓬的頭。我想再看清楚一些，卻已經不見了他。

列車開抵月台，我走下車，回頭看了看月台上擁擠的人群，沒發現他。然後，我踏上電動樓梯，靠右邊站著。當電動樓梯爬上頂端，我伸手到背包裡拿我的車票，這時，我看到那個亂蓬蓬的頭在電動樓梯最下面，飛快地蹲低了一些，生怕給我看到似的。

『他幹嘛跟著我？』我一邊嘀咕，一邊走出地面。

像平時一樣，我經過小公園，走進『手套小姐』的『貓毛書店』看看有甚麼新書。『白髮魔女』這天在書堆上懶懶地走著貓步。我躲在一個書架後面偷偷望出去，終於發現了大熊。他站在對街，眼睛盯著這邊看。他是跟蹤我沒錯。

我租了一本《四條屍體的十二堂課》，接著若無其事地從租書店走出來。走了幾步，我故意蹲下去繫鞋帶，然後站起身，繼續往前走。等到過馬路的時候，我飛奔過去，才又放慢步子。我偷偷從肩膀朝後瞄他，沒看到甚麼動靜。

回到家裡，我匆匆走進睡房，丟下書包，躲在窗簾後面往下看，看到大熊半躲在那株開滿紅花的夾竹桃後面，抬起頭看上來。

他是甚麼時候開始跟蹤我的？又跟蹤了多久？

接下來的一個星期，我發現大熊每天放學之後都悄悄跟蹤我回家。等我上去了，他會躲在那株夾竹桃後面好一會兒，見我沒有再出來，然後才從原路回去。那個星期，我都把胸罩、內衣褲和校服掛在浴室裡，不讓媽媽掛到窗外晾曬。為了確定她沒忘記，我每天上課前都會檢查一遍。

『幹嘛不掛出去？』她問我。

我沒告訴她。

校服不掛出去，是不讓大熊知道我住哪一層樓。胸罩和內衣褲嘛，那還用說？

星期天在乳酪蛋糕店打工時，我不時留意店外。要是大熊跟蹤我來店裡，便會看到阿瑛。那麼，他會發現，在認識他之前，我已經知道很多關於他的事。

『你幹嘛整天望著外面？』阿瑛問我。

『沒有啊。』我聳聳肩。停了一下，我問阿瑛：『小畢最近有沒有見大熊？』

『沒有啊，他最近很忙。』

『大熊是很忙。』我說。他都忙著跟蹤我。

『我是說小畢。』阿瑛一邊摺蛋糕盒子一邊說。

那天，一直到蛋糕店關門，我都沒發現大熊。到了一個大雨滂沱的黃昏，放學之後，我撐著一把檸檬黃色的雨傘，走路回家。大熊並沒有帶雨傘，他好像從來都不帶雨傘。他鬼鬼祟祟的在距離我幾公尺後面跟著，笨得還不知道我已經發現了他。我也只好繼續裝笨。

那天的天空沉沉地罩下來，人們的雨傘密密麻麻地互相碰撞，誰也看不清楚雨傘底下的那張臉。我把手中的雨傘高高舉起來，像一個帶隊的導遊那樣，悄悄給了大熊提示。

回到家裡，我躲到窗簾後面偷看他。他從那株夾竹桃後面走出來的時候，亂蓬蓬的頭髮塌了下來，整個人濕淋淋地，拱起肩，踩著水花在大雨中離開了我的視線。

第二天、第三天，他的座位都是空著的。我雙手支著頭，無心聽課。雖然大熊在課

在街上亂逛，有時會突然在某家商店的櫥窗前面停下來，裝模作樣，偷偷瞄一下他有沒有跟來。確定他還在後頭，我才繼續往前走。那天路上的人很多，迎面朝我走來一張張陌生的臉孔，當他們從我身邊擦肩而過，在幾十步之遙的後方，同樣的這些臉孔，也會遇上那個跟我如影隨形的大熊嗎？

我走進一家戲院，買了一張五點半的戲票，並且確定大熊也跟著我買票。那天放的是『鐵達尼號』。我坐在漆黑一片的戲院裡，我旁邊的幾個女生哭得很淒涼，彷彿她們也搭了那艘沉船，也跟那個男主角相愛似的。那片絢爛的光影世界如夢境般，有甚麼比有人陪你做夢更美？那是我和大熊一起看的第一齣電影，沒有相約，也並沒有一起買票，但我知道他也在這黑濛濛的戲院裡，在後頭某個地方，跟我一樣，是這個愛情悲劇的其中一個觀眾。是我把他騙進來的。

從戲院走出來，天已經黑了。我雙手勾著背包的肩帶，夾在散場的人群中，朝車站走去。城市的燈漸漸亮了起來，空氣中有點秋意，我踩著輕快的腳步，走進顏色像藍寶石的地鐵站。月台上沒有很多人，列車駛進來，車門打開了，我跳進車廂裡，找到一個位子坐下來。列車穿過彎彎曲曲的隧道，我瞥見大熊坐在另一個車廂裡，用一本書遮住臉，長長的雙腿懶散地叉開來。

列車到了月台，我甩上背包走出車廂。電動樓梯緩緩把我送上地面，我如往常般走路回家。小公園上的鞦韆在微風中擺盪，『貓毛書店』已經關門了。我走在一盞黃澄澄的街燈下，看到了自己斜斜的影子。要是身上有一根粉筆，我會立刻蹲下去，把自己的影子畫在地上，提醒大熊不要踩到它。可惜，一個人無法蹲下去的同時又畫下自己走路的影子。

回到家裡，我匆匆丟下書包，躲到窗簾後面偷看。大熊已經走在回去的路上，在街燈下拖著斜斜的影子。

直到第二天，芝儀問我前一天有沒有去看流星雨，我才知道，那天午夜落下了一場壯觀的獅子座流星雨。那麼大量的彗星碎片和灰塵掉入地球的表面，要三十三年才會發生一次。這一次，在中國可以看到最大的流星暴，三十三年後那一場可不一樣。

但是，我已經看到了一場流星雨——就是在大熊低著頭揹著書包的背影上那點點星光。直到他走遠了，星星的光芒才沒入夜色之中。

後來，當我長大了一些，我常常想，是甚麼驅使我們對一個人如魔似幻的嚮往？我好像是從一開始就愛上了大熊，連思考的過程都沒有。要是也有一場大熊座流星雨，我會是那個早早就坐在海灘上，雙手抱著腿，遙望一片無涯的天空，徹夜守候著的人。

16

第二天，當大熊看著我回家，我並沒有真的回家。我躲在公寓大堂那扇門後面偷瞄他。看到他背朝著我往回走的時候，我悄悄走在他後頭，想知道他接著會去甚麼地方。

他低下頭，走在人行道上，絲毫沒發現後面的我。當他無意中看到地上有個空的乳酸菌飲料瓶，他馬上把它當成皮球那樣追著踢，一會兒盤球，一會兒左腳交給右腳，很好玩的樣子。

到了『貓毛書店』外面，他突然停下來，把那個瓶子踩在腳下，踢到一旁，然後走進書店裡。『白髮魔女』背朝著他伸了個懶腰，趴在書堆上。他掃了掃牠的背，把牠長而多毛的尾巴擺成『C』形，『白髮魔女』竟然沒反抗。接著，他鑽進書架後面，我連忙躲起來。過了一會，他拿著幾本書走到櫃台前面東張西望。『手套小姐』這時從櫃台後面那個房間走出來，木無表情地替他辦了租書手續。他付了錢，把書塞進背包裡。

他出了書店，往地鐵站走去。我一直跟他保持著幾公尺的距離。到了月台，我躲在另一邊月台的一根石柱後面。當列車駛來，我連忙跟著他走上車，然後待在另一個車廂裡。他靠近車門站著，把一本書從背包裡拿出來，讀得很入迷的樣子。

到了第三個車站，他收起書走下車。我跟著他踏上電動樓梯。電動樓梯爬升到地面的出口，他走出去，朝大街走了幾步，拐了個彎，那兒有一家遊戲機店，他走進去，一待就是一個鐘頭。我在對街商店的遮陽棚下面呆呆地等著。

他終於走出來的時候，天已經暗了，他好像還沒有回家的打算，一直往前走，經過一個球場。兩幫男生正在那兒打籃球，大熊站在場邊，雙手插著褲袋，饒有興味地看著人家打球。有一次，那個籃球擲出了界，他連忙退後一些，雙手把球接住，在腳邊拍了幾下才依依不捨地擲回去。

離開球場之後，他在人行道的一棵樹下拾起一根樹枝，傻裡傻氣地把樹枝當成劍在手中揮舞，又擺出劍擊手的姿勢。我躲在另一棵樹後面，忍不住偷笑。

他在街上晃蕩。一個年老的乞丐帶著一隻骯髒的小狗攔在路中心行乞。大熊從口袋裡掏出一個銅板，丟到那個乞丐的小圓罐裡，繼續往前走。

他拐過街角，來到一家賣鳥和鳥飼料的店，隔著籠子看了一會兒小鳥，又逗一隻拴在木架上的黃色鸚鵡玩。

『你好！我不是一隻鸚鵡！』我聽見那隻鸚鵡用高了八度的聲音亢奮地說著人話。大熊咯咯地笑了起來，然後買了一包瓜子，接著把瓜子塞進背包裡。

他繼續往前走，進了一家便利店。我躲在店外，看到他買了一個杯麵和一瓶汽水，一個人孤零零地把麵吃完。

吃飽了，他從便利店走出來，在下一個路口拐了個彎，爬上山坡。山坡兩旁植滿了大樹，一棵樹的樹梢上吊著一盞昏黃的路燈，微弱的光線照亮著前面的一小段山路，我看到山上有光。

我跟著他，一路上靜悄悄地，連一個人都沒有，草叢裡不時傳來昆蟲的嗡叫。終於到了山上，大熊走向一道鐵門，掏出鑰匙從旁邊的一扇黃色的木門進去，然後不見了。

我走上去，淺藍色鐵門頂的圓拱形石樑上亮著一盞蒼白的燈，我看到那兒刻著幾個大字：大愛男童院。

鐵門後面有兩幢矮房子，一幢遠一些，一幢近一些。我抬起頭，看到靠近大閘的一幢房子的二樓這時亮起了燈，一個人影出現在薄紗簾落下的窗前，頭髮亂蓬蓬的。一隻鳳頭有冠的鳥拍著翅膀，在他身邊呈波浪形飛翔。他朝鳥兒伸出一隻手，鳥兒馬上收起翅膀，棲在那隻手上面，頭低了下去，好像是在啄食飼料。

那是大熊和他的寵物鳥吧？看起來好像是鸚鵡。可是，大熊為甚麼會跟鸚鵡住在一所男童院裡？那是他的家嗎？家裡卻又為甚麼只有他一個人？我帶著滿腹疑團走下山坡。

第二天，我繼續跟蹤大熊。他看著我走進公寓之後，便往原路回去。經過『貓毛書店』的時候，他沒進去。『白髮魔女』在門口的書堆上趴著打了個呵欠，大熊把牠的尾巴擺成『C』形才走開。

他跟前一天一樣坐地鐵，但是這一天，他沒有在第三個站下車，而是第六個站。他走出地面，在一家模型店的櫥窗前面停步，看著櫥窗裡的一架戰機，研究了大半天。

然後，他進了附近一家理髮店。過了一會，他跟一個年紀和他差不多，身材瘦小的男生從店裡走出來，兩個人站著聊天。那個男生身上穿著黑色的工作服，染了色的頭髮一根根豎起來，形狀似箭豬，顏色像山雞。他說不定就是大熊那個當理髮學徒的朋友，怪不得大熊的頭髮也好不了多少。

聊完了天，『山雞箭豬』回店裡去，大熊獨個兒在街上晃蕩。他繞過街心，那兒有一家遊戲機店。這一次他又不知道會在裡面待多久才肯出來。我在對街的快餐店買了一杯檸檬茶和一包薯條，一邊吃一邊等他。過了一小時四十分，他終於出來了，卻突然朝我這邊走來，嚇得我連忙用書包遮著臉。但他沒進來。我走出店外，發現他進了隔壁一家拉麵店吃麵。他背朝著我，坐在吧台前面，一隻手支著頭，仍舊坐得歪歪斜斜。

等到他吃完，天已經黑了。他回到下車的那個地鐵站。謝天謝地，他終於肯回家了。他在月台上一連打了幾個呵欠。列車到了，他走進去，找了一個位子坐下，把書包從肩上甩下來，丟在旁邊的空位上，又開雙腳打盹。

列車抵達月台，門開了，他驀然驚醒過來，連忙站起身跑出去，卻竟然忘了帶走書包。我不知道該怎麼辦，要是叫住他，他會發現原來我跟蹤他；但是，我也不可能看著他丟失書包。

沒時間多想了，我走上去，飛快地拎起他的書包，在列車關門前衝出車廂，把那個書包放在月台上，然後飛快地躲在月台的控製室旁邊。他的書包那麼重，他很快就會發覺自己背上輕了許多。

不消一會，他果然狼狽地飛奔回來。這時，列車的最後一個車廂剛剛進了隧道，揚起了一陣風。大熊望著開走了的列車，臉露沮喪的神情。突然之間，他在空空的月台上發現他的書包。那個書包就在離他幾步的地方。他望著書包呆了半晌，舉頭四看，臉上的表情充滿疑惑，然後又定定地看著那個書包好一會兒，不明白它為甚麼自己會下車。

等了一下，他終於走上去拎起那個書包，甩在背上。我擔心他會突然回過頭來，所以離他老遠的。

他走昨天的路爬上男童院的山坡，在那扇黃色木門後面消失。然後，我看到二樓亮起了一盞小燈，類似鸚鵡的剪影拍翅朝他的剪影飛去，棲在他頭上啄他，好像是歡迎他回家。

17

我一連幾天跟蹤大熊，發覺他每天都會到遊戲機店打機，然後不是到球場看人打籃球便是在街上晃蕩。他晚飯都是一個人在外面吃，不等到天黑也不回家，難怪他沒時間做功課。那隻頭上有冠的鳥並沒有拴起來，他由得牠在屋裡飛，所以，二樓那扇掛著紗簾的窗從來沒打開過。

他隔天會順道到『貓毛書店』借書和還書，每次都忍不住把『白髮魔女』的尾巴擺成『C』形，好像牠是他的一件玩具。

每一次，只要他一走出書店，我便立刻走到櫃台瞥一眼他前天借了甚麼書，剛還的書都會放在那兒。我列了一張他的租書單：

《一〇一個有趣的推理》

《跳出九十九個思路的陷阱》

《古怪博士的五十二個邏輯》

《揭開數學的四十四個謎團》

《十一個哲學難題》

《如何令你的鸚鵡聰明十倍》

除了他似乎偏愛書名有數字的書之外，他看的書比我正常。我也猜得沒錯，那隻不住在籠子裡的鳥兒是鸚鵡。

不過，在『貓毛書店』瞥見《如何令你的鸚鵡聰明十倍》的那天，也是我最後一次跟蹤大熊了。

那天，他在『貓毛書店』把書還了，沒有租書，然後直接坐地鐵回家，連遊戲機店都沒去，好像很趕時間似的。我跟他隔了幾公尺的距離，手上拿著一本書，半遮著臉。他出了地鐵站，走過長街，繞了個彎。過了那個彎，便是山坡了。我跟著他拐彎，沒想到他竟會站在那兒，嚇了我一跳，我幾乎撞到他身上。

『你為甚麼跟蹤我？』他那雙好奇的眼睛望著我。

『我沒有。』我說。

『但是，你一直跟在我後面。』他一臉疑惑。

『這條路又不是你專用的。』

我明明是在撒謊，沒想到他竟然相信我的謊話。

『那算了吧。』他說，然後繼續往前走。

『但你為甚麼跟蹤我？』我咬咬牙，朝他的背影說。

他陡地停步，不敢轉過頭來望我。

『為甚麼？』我又問一遍，聽到自己的聲音因緊張和期待而顫抖。

他的答案卻不是我期待的那樣。

他轉過身來，結結巴巴地說：『有人要我跟蹤你。』

『是誰？』我既失望也吃驚。

他沒回答。

『到底是誰？』我猜不透。那一刻，我甚至想過會不會是男童院裡某個邊緣少年。

『下次再告訴你吧，我趕時間。』他說。

他想逃，我拉住他背包的肩帶，說：

『你不說出來，我不讓你走！萬一那個人原來想綁架我，那怎麼辦？』

『星一不會綁架你吧？』他說。

『是星一？』我怔住了，問大熊：『他為甚麼要你跟蹤我？』

『他沒說。』

『那你為甚麼聽他的？』我很氣。

『他給我錢。』他告訴我說，好像不覺得這有甚麼問題。

『他給你多少錢？』

『每天一百塊錢。』他老實告訴我。

『怪不得你每天都有錢去打機！還有錢施捨給乞丐！』我氣過了頭，一時說溜了嘴。

『你還說你沒有跟蹤我？』他吃了一驚。

我沒回答，反而問他：『星一只要你跟著我，甚麼也不用做？』

『告訴他你每天放學之後都做些甚麼。』他說。

『可惡！他有甚麼權利這樣做！』我恨恨地盯著大熊，罵他：『你也是收了同學的錢所以才會去偷數學試題吧？我還以為你不肯出賣朋友呢！』

『你怎麼知道我偷試題的事？』他怔了一下。

『你別理！我沒說錯吧？』

大熊沒回答，好像很受傷害的樣子。

『星一給你多少錢，我也給你多少。明天起，你替我跟蹤他。』我對大熊說，但我根本沒那麼多錢。

『不行。』他說。

『為甚麼？』

『星一……他是我朋友。』他回答，一副忠肝義膽的樣子。

『那我就不是你朋友嗎？』

沒想到他竟然說：

『我不跟女孩子做朋友。』

『女孩子為甚麼不能做朋友？』我瞪著他。

『女孩子很麻煩。』他皺著眉說。

『所以你沒女朋友？』我探聽他。

他搖頭，好像真的覺得女生很可怕。

『怪不得他對你有感覺。』我瞥了他一眼。

『誰對我有感覺？』他頗為詫異地望著我。

『老實告訴你，是有人要我跟蹤你，每天報告你的行蹤。』我騙他。

『是誰？』他半信半疑。

『既然你告訴我，我也告訴你吧。那個人就是——』

他很好奇，等著我說出來。

『就是薰衣草！』我說。

『薰衣草？』他著實大吃一驚。

『你是插班生，難怪你不知道。薰衣草喜歡男生。你該明白我的意思吧？』

他震驚得張大嘴巴。

『他好像特別喜歡粗枝大葉的男生呢。』我危言聳聽。

他一張臉紅了起來。

我抓住他的背包，說：『你現在帶我去找星一，我要問他為甚麼跟蹤我。』

『今天不行，我要和我爸爸吃飯。』他靦腆地說。

我放開了手讓他走。不知道為甚麼，當聽到他終於不用一個人孤零零地吃飯，我很替他高興。

他轉過身跑上山坡。

『那隻鸚鵡叫甚麼名字？』我大聲問他。

『皮皮。』他一邊跑一邊回過頭來告訴我。

『皮皮。』我喃喃唸著，還不知道將來我有很多機會喚牠的名字。

目送著大熊的背影漸漸消失在山坡上，我獨個兒往回走。這天跟前幾天不一樣，天還沒有黑。我的心情也跟前幾天不一樣。知道了大熊並不是因為喜歡我而跟蹤我，那種感覺就好像我看到一個有點眼熟的人老遠朝我微笑揮手，於是我也向他揮手微笑；然而，我馬上就發現，他不是跟我笑，而是跟我後面的某個人笑，會錯意的我，巴不得馬上挖個地洞躲進去。

幸好，大熊並沒有看到我的尷尬，他還相信了薰衣草的事。我愈想愈覺得好笑，忍不住在路上笑了起來。我還沒見過這麼笨的男生。這個笨蛋，我就是沒法生他的氣。

那天晚上，我打電話給芝儀，告訴她星一要大熊跟蹤我的事。她在電話那一頭停了很久，然後說：『星一他會不會喜歡你？』

『不會吧？』

『那他幹嘛叫熊大平跟蹤你？』

『我也想知道。』我說。

18

第二天的第一節課是體育，我們在學校的運動場比賽壘球。芝儀拿著一本書坐在看台的石級上，無聊地翻著。因為腳的問題，她一向不用上體育課。這一天，星一跟大熊一隊，我是敵方。輪到我擊球的時候，由大熊負責投球，星一是捕手。我握著一根壘球棍，擺出準備擊球的動作。

『星一，你為甚麼要大熊跟蹤我？』我問蹲在我旁邊，戴著捕手面罩和壘球手套的他。大熊應該已經告訴了他，所以星一並不覺得意外。他的答案卻在我意料之外。

『禮物。』他說。我看不清楚藏在銀色面罩背後那張臉是甚麼表情。

『禮物？』我望著他，怔了片刻。

『是我送給你的禮物。』他說。

『你為甚麼要送禮物給我？』我呆了半晌。

『球來了！』星一突然說。

我連忙轉過頭去，大熊剛剛投出一個好球，那個球勁道十足地朝我飛來，我雞手鴨腳揮了一記空棍，沒打中。

星一把球接住，蹲下來說：『我表姐念念不忘曾經有個暗戀她的男生找私家偵探跟蹤她，只是想知道她下班之後都做些甚麼。』

『他自己為甚麼不跟蹤她？』我不明白。

『大熊快要投球了！』星一提醒我。

我連忙擺出接球的動作。大熊掄著手臂，準備隨時把手上的球擲出來。

『那樣不夠優雅。』星一說。

『你是說我的動作？』我看了看自己。

『我是說，自己去跟蹤。』星一回答。

『星一，你是不是減肥過度，荷爾蒙失調，所以變成這樣?你說的話和你做的事，一點都不像十六歲。』我眼睛望著站在老遠那邊的大熊，跟星一說著話。

『你永遠不會忘記，十六歲那年，有個男生找人每天跟蹤你。我送給你的是回憶。球來了，別望過來！』

那是個好球，我又揮了一記空棍。大熊就不可以讓我擊中一球嗎？

我望著星一轉身跑去拾球的背影，我得承認，他說得沒錯，我永遠都不會忘記。但是，我希望大熊跟蹤我不是因為星一要他這樣做。

星一把球拋給大熊，又再蹲在我旁邊。我們都沒說話。

我握著球棍，俯身臉朝大熊，我已經失了兩球，只要再失一球，就要出局了。我不要輸給大熊。

大熊又投出一球。當我準備揮棍擊球的時候，身為敵方的星一卻提醒我：

『這是壞球，別接！』

根據球例，壞球是不用接的。結果，我沒揮棍，那一球越過我的肩膀，是個壞球。

『謝謝你。』我對星一說，我很高興暫時不用出局。

『這也是禮物。』星一說。

我假裝沒聽見，眼睛望著大熊，準備接他下一球。那個球從大熊手裡擲出，朝我飛來。

『別接！』星一再一次提醒我。

我好像沒法不聽他的，動也不動，看著那一球僅僅擲出了界，果然是個壞球。

星一跳起來把球接住。

『謝謝你。』我說。

他隔著面罩微笑。

大熊再投出一球。

『別接！』星一說。

那一球朝我飛來，越過我頭頂。我沒接。

我只好再一次對星一說：『謝謝。』

星一把球擲回去給大熊，對我說：『別客氣。』

『別怪大熊，是我逼他說出來的。』我說。

『是我要他不用守密。』星一說。

『你對其他女孩子都是這樣的吧？付錢找同學跟蹤她們。』

『不，只有你一個。』他蹲下來說。

『為甚麼？』我俯身握著球棍，眼睛望著大熊那邊。

『我喜歡你。』他說。

『可是，星一——』我沒想到他會這麼坦白。我臉紅了，想轉過頭去跟他說話。

『別望這邊！』星一立刻說，然後又說：『望著投球手。』

我只好望著準備投球的大熊，對星一說：

『星一，對不起，我不喜歡你。』

『你不用喜歡我。』星一低沉的聲音說。

大熊這時擲出一球。投球手的球要投在擊球手的肩膀與膝蓋之間，闊度也有限制，超出這個範圍的，便是壞球。但是，壞球有時候也許只是偏差一點點，萬一我以為是好球而揮棍，打不中的話，我還是輸。要是他投出的是好球，而我以為是壞球，所以不打，那麼，我也是輸。

大熊已經投出兩個好球和三個壞球，根據球例，只要他再投一個壞球，我便可以上第一壘。萬一是好球，那我就輸了。

那個球已經在途中，好像會旋轉似的，但是，我根本無法判斷到底是好球還是壞球，要不要打。

『別接！』星一這時說。

我忍不住回頭瞥了星一一眼。

『是個壞球。』他望著飛來的球說。

我轉回去，那一球出界了，差一點點就是一個好球。

我興奮得丟下球棍，衝上一壘。隊友為我歡呼。

連續擲出四個壞球，大熊是故意把我送上一壘的吧？他前兩球都擲得那麼好。

我站在一壘，看到脫下面罩的星一走向大熊，兩個人不知道聊些甚麼。我朝看台上的芝儀猛揮手，有很多話想跟她說，她卻好像看不見我。

那天上課時，我沒敢望星一。下午上薰衣草那堂課，薰衣草把大熊叫出去，親切地搭住他的肩膀，稱讚他上一篇作文寫得不錯，那篇文章的題目是『我和朋友』。

『人和鸚鵡的感情很動人。』薰衣草說。

原來大熊寫的是皮皮。

薰衣草捏了捏大熊的臂膀，我看到大熊想縮又不敢縮，渾身不自在，很害怕的樣子。他真的相信是薰衣草派我跟蹤他的。這個笨蛋。

放學後，我回到家裡，校服沒換，站在睡房的窗前，手抵住窗台，望著下面那棵夾竹桃。葉落了，地上鋪滿紅色的花。一個男生從樹後面走出來，他在躲他的小白狗。然後，人和小狗一起走了。我知道再也不會在這兒看到大熊。

喜歡一個人的感覺，原來很傻，像是自說自話，他根本就聽不到。要是他無意中聽到了，他也許會問：『你剛剛說甚麼？』

『呃？我沒說甚麼。』你幽幽地回答。

既然他沒聽到，你惟有假裝自己沒說過。是的，因為他不懂，所以，你從來就沒有喜歡過他。

19

星期天在乳酪蛋糕店裡，我問阿瑛：

『是你首先喜歡小畢，還是小畢首先喜歡你？』

『是我首先喜歡他。你還記得他和大熊給一頭黃牛狂追的事嗎？』

我點點頭。

『小畢畫畫一向很棒，每次都貼堂。從那時起，趁著課室裡沒有人的時候，我把他的畫從壁布板上悄悄偷走，一共偷了五張，貼在睡房的牆上，每天對著。我那時很笨，沒想過把其他人的畫也一併偷走，掩人耳目。小畢的畫不見了，大家都覺得很奇怪，連美術老師也摸不著頭。我還記得她說：「小畢的畫是很漂亮，但還不至於有人會偷去賣錢啊。」』

我嘻嘻地笑了起來。

『直到一天，放學之後，同學們都離開了課室，我偷偷折回去，拿掉小畢貼在壁布板上的那張畫，準備藏在身上的書包裡。就在這時，小畢突然從課室的門後面走出來。原來，他預先躲在那兒，想知道到底是誰三番四次偷走他的畫。』

『發現是你之後，他怎麼樣？』我問。

『他只是紅著臉，很害羞地說：「呃？原來是你。」』阿瑛帶著微笑說。

『原來是你。』我重複唸著說：『好感人啊！』

『要是我沒有首先喜歡小畢，我不知道他會不會也喜歡我。』阿瑛一邊洗蛋糕櫃一邊說。

『那以後，你沒有再偷畫囉？』我問阿瑛。

『那也不是，後來我又偷了一張，而且是跟小畢一起偷的。』

『呃？是誰的畫？』

『大熊。』阿瑛說，『那時候，貼堂有兩種，一種是像小畢那樣畫得漂亮的，另一種是像大熊那樣，畫得實在糟糕，要貼出來給大家取笑。小畢為了報答大熊，所以跟我一起偷走大熊那張畫，大熊到現在還不知道是誰偷走了他的畫呢。那位美術老師上課時說：「小畢的畫給人偷走，我還能夠理解。可是，熊大平的畫，為甚麼會有人想要呢？」』

我趴在蛋糕櫃上，咯咯地笑了起來。

那天夜裡，我窩在床上，做著自編自演的白日夢：時光倒流到小五那年，場景是大熊、小畢和阿瑛的課室。一個無人的夜晚，鸚鵡皮皮拍著翅膀飛過天邊的一輪圓月，然後降落在學校的屋頂上，替我把風。我穿著一身黑色的夜行衣，蒙著臉，偷偷潛回課室去，拿掉壁布板上大熊那張畫，免得他繼續給人取笑。突然之間，預先躲在課室裡的大熊從門後面走出來。看見我時，他訝異地問：『你是誰？』

我緩緩脫下面罩。

『呃，原來是你。』大熊靦腆又感激地說。

我紅著臉點頭。

『原來是你。』只比『我愛你』多出了一個字。然而，誰又能夠說，它不是『我愛你』的開始？

然後，大熊指了指我手上的那張畫，緊張地問我：

『你知道我畫的是甚麼嗎？』

我就著月光欣賞那張看來像倒翻了顏料，分數只得『丁減減』的畫，朝他微笑說：

『我覺得很漂亮。可以送給我嗎？』

大熊笑開了，就像一個人遇到了知音的那種感動的笑。

這時，皮皮從屋頂飛下，棲在課室外面的窗台上，學著大熊說話的調調，羞澀地說：『原來是你！原來是你！』

我躺在床上，抱著毯子，夢著笑著。

很久很久以前，我聽過一個好可怕的傳說。聽說，人睡著之後，靈魂會離開身體，飛到夢星球去。在那兒做夢。夢星球上有一棵枝椏橫生，形狀古怪的大樹，做夢的靈魂都會爬上那棵樹。要是從樹上掉了下來，那天做的便是噩夢。要是能夠爬上去，坐在樹枝上，那天做的便是好夢。

靈魂做完了夢，便會回家去。然而，萬一那個人睡著時給人塗花了臉，他的靈魂回去時就會認不出他來，無法回到身體裡，只好又回去夢星球那兒一直待著。

那時候，我很害怕睡著時給人塗花了臉，從此沒有了靈魂。所以我小時都是臉埋枕頭裡趴著睡。然而，這天晚上，我做著的雖然只是白日夢，我倒希望靈魂不要把我認出來，在那個夢星球上多留一會。那麼，白日夢也許會變成一個真的夢。

但是，大熊已經不會再跟蹤我了。我突然覺得寂寥，我的靈魂好像也有點空虛的感覺。他不跟蹤我，但我們還是可以『相遇』的啊。我心裡一亮，想起了遊戲機店。

20

這一天，我在大熊常去的那家遊戲機店玩『喪屍』，不斷投幣，中槍慘死了無數回，給那些像一堆腐肉的喪屍，還有狼狗、蝙蝠和毒蜘蛛不停襲擊，從來沒有瞄準過一槍。我不時朝門口看去，沒見到大熊。他今天會來嗎？要是他來了，我便可以假裝在這兒碰到他。他在學校裡好像刻意躲我。我跟他說話時，他眼睛沒望我。明明故意投出四個壞球讓我走，為甚麼又突然變得那麼陌生？

相反，給我拒絕的星一像個沒事人似的，看見我時，臉上掛著一個毫無芥蒂的微笑。我的拒絕真的那麼不使人傷心嗎？還是他的風度比誰都好？在他面前，我有時覺得自己簡直就是野人，只有同樣是野人的大熊跟我是同類。

我望向門口，大熊沒出現。我在『貓毛書店』租了他看過的那六本書，花了兩個夜晚拚命啃。除了那本《如何令你的鸚鵡聰明十倍》之外，其他的都看得我暈頭轉向，覺得自己是個笨蛋。那本《古怪博士的五十二個邏輯》裡，有兩個問題把我弄得一頭煙。

問題一：一隻失戀的小蝸牛喝醉了，牠想從一條長一百公分的隧道的一端爬到出口的另一端，然後跳崖殉情。每秒鐘牠往前走三公分又往後走二公分。這隻多情的小蝸牛要多久才走到隧道的另一端？（答案不是一百秒）

問題二：有一個女孩和她喜歡的男孩比賽跑一百公尺。女孩跑過終點時，男孩還在九十五公尺處，所以女孩跑贏男孩五公尺。

『你輸了！你要跟我戀愛！』女孩興奮地對男孩說。

『再跑一次可以嗎？我真的不想跟你戀愛！』男孩拚命請求女孩。

『那好吧！』女孩儘量不顯出傷心的樣子，甚至還大方地對男孩說：『這一次，我讓你五公尺。要是你輸了，你得和我戀愛！』

『太好了！這次我一定會贏的！』男孩激動地說。

女孩從起跑線後五公尺處起跑。比賽一開始，男孩像腳底抹油似地拚命跑。如果他們兩個人跑的速度和前一場一樣，誰會贏第二次比賽？（答案不是平手）

這是甚麼數學問題嘛？作者『古怪博士』一定是個女權分子，同時又是個悲觀主義者和偏執狂，否則，失戀的小蝸牛為甚麼必須跳崖殉情呢？女孩又為甚麼非要跟那個不認輸的男生戀愛不可？

這時，我剛剛避過一條胖喪屍的子彈。我轉頭望向門口，發現大熊剛剛走進來。他已經看見我了，我連忙裝出一副我也很詫異的樣子。

『你又跟蹤我？』他說。

『我沒有。是我在這兒看見你進來的，是你跟蹤我吧？』我反駁他。

『我沒有。』他連忙說。

『那你為甚麼會在這裡？』

『我常常來。你又為甚麼會在這裡？』

『這裡又不是只有你才可以來。』我衝他說。

他突然望了望我那台遊戲機的屏幕，滿臉狐疑地說：『你玩得很差勁。』

『今天比較倒楣。呃！我明白了。』我眼睛朝他眨了眨。

『明白甚麼？』他好奇地問。

『因為倒楣，所以才會在這裡遇到你。』

他好像相信了我的話，我這下真的是連消帶打。

我忙著跟大熊說話，那一槍又射失了。大熊抬頭四處張望，但是，店裡擠滿人，每一台遊戲機都給人霸佔著。

『你幫我玩吧。』我說著把位置讓給他。

『你不玩了？』他很感激的樣子，連忙接著玩下去。我替他拿著書包。

『我已經玩了很久。』我特別強調這一點，證明我沒有跟蹤他。然後，我退到他旁邊，看著他玩。

結果，我全程都只能讚歎地半張著嘴。大熊瀟瀟灑灑就控制全局，闖完一關又一關。把那些喪屍、狼和怪物全都殺掉，還救了幾個給喪屍追殺的人，店裡的人都圍在他身後觀戰，我就像個沾了光的同伴似的，很威風。

最後，他登上了積分排行榜的榜首。

『很厲害呢。』我說。

他轉過頭來看到我，臉上有些詫異，衝我說：『你還在這兒？』

他竟然一直沒發覺我在他身邊。這種忽視，太讓人傷心了。

『我走了。』我幽幽地說，朝門口大步走去。

『呃，鄭維妮！』大熊在背後叫我。

我連忙轉過身去，滿懷希望問他說：『甚麼事？』

他望著我，臉上帶著抱歉的神情。

『說對不起吧！大熊！說你不該忽視了我。』我眼睛朝他看，心裡默唸著。

『你拿了我的書包。』他說。

我低頭看看，他那個大石頭書包果然在我手裡，原來我一直拿著。

我把書包用力丟給他，他趕忙接住。

『熊大平，你很討厭我嗎？』我忍不住問他。

『我沒有。』他回答，有點不知所措。

『真的沒有？』我瞥了瞥他。

他搖了搖頭。

『那麼，我們去慶祝吧。』我說。

『慶祝甚麼？』他把書包甩上背。

『慶祝你今天登上了積分榜第一名。』

『不太方便吧？』他結結巴巴地說。

『你又不是女生，為甚麼會有不方便？』

『你去找星一吧。』他一副代朋友出頭的樣子。

『我為甚麼要找星一？』我咬咬牙，盯著他看。

『星一喜歡你。』他說，臉上沒半點妒意。

『他跟你說的?』

『他沒說。』

『那是你替他說嘍?』我恨恨地問他。

『不,不是。』他連忙否認。

『那你有甚麼證據說他喜歡我?』

『那天上體育課,他要我投四個壞球給你,應該是喜歡你吧。』他聳聳肩。

『球是你投的。』我說,『況且,你們根本沒說過話。』

『投手和捕手之間,是有暗號的。』他說。

我呆了半晌,想起在電視上看過的排球比賽,那些球員不是時常在背後用手勢打暗號嗎?我真笨,沒想過壘球也有暗號,怪不得星一那天叫我不要望他,他是在跟大熊打暗號,所以投球一直投得很好的大熊才會失準,投出四個壞球。我還以為是他故意把我送上一壘。

『熊大平,你以為你是誰,你可以幫我決定我喜歡的人嗎?』我沮喪地看了他一眼,不等他說話,轉身就走。

跟『古怪博士』一樣，我說不定也是個偏執狂，否則，我為甚麼會喜歡大熊？他根本不認識我，我也一點都不認識他，我早該猜到，他絕對不會那麼細心讓我四球。

離開遊戲機店之後，我沒精打采地一直走一直走。到了拐彎處，我放慢步子，一邊走一邊從肩膀朝後瞄。我就知道會失望。大熊不在後頭。我為甚麼竟然以為他會跟著我？那不過是我自己的幻想罷了，既無聊也注定會落空。

『大熊，我想放棄！』夜裡，我躺在床上，望著牆上那張地圖，標示北極的是一頭懵懂的北極熊。就在這刻，阿瑛的那句話突然浮上了我的心頭。她不也是首先喜歡小畢嗎？她甚至不確定，小畢是不是因此才喜歡她。

首先喜歡一個人，就像是你首先發現這個世界美好的一面，那又何須惆悵？

21

第二天黃昏的時候，我抱著書包，坐在通往男童院山坡的麻石台階上等大熊。台階的罅隙長滿了雜草，我把雜草一根根拔掉，一面數著：『他喜歡我。他不喜歡我。』

等到我差不多把那兒的雜草全都拔光，忘了他到底喜不喜歡我的時候，大熊終於回來了。

『你為麼會在這裡？』他帶著驚訝的神情問。

我從台階上站起來，瞥了瞥他，說：『星一說他不是喜歡我。』

他怔在那兒，好像覺得很奇怪。

『他要你跟蹤我，又要你讓球給我，這些事他自己都可以做，難道你還不明白嗎？』我停了一下，說：『他在幫你追我。』

他呆了半晌，說：『不會吧？我沒說過喜歡你。』

『他看出你心裡其實喜歡我。』

『不是吧？』他的臉陡地紅了起來。

『他不說，我也不知道。』我一副羞人答答的樣子。

『星一真的這樣說？』他半信半疑。

我用力點頭，告訴他：『他覺得我們很襯。』

『呃……我不覺得。』

可惡的大熊，真的太傷我自尊心了。我惟有裝出一臉冷傲說：

『我也不覺得。』

聽到我這樣說，他好像大大鬆了一口氣。

『不過——』我說，『既然他一番好意，我們就試試一起吧，反正你也說過，你不討厭我。』

看到他一副百詞莫辯的樣子，我心裡覺得好笑。我就知道，大熊是那種好欺負的男生，會因為覺得不好意思而不敢拒絕女孩子。要是我這時突然跳到他身上摟著他，他也只會滿臉羞紅地說：『呃……你……你別這樣……真是怕了你。』

但是，這一刻，我還是很矜持地站在台階上，看著不知所措的他。每個人都有第一次，大熊說不定終於會第一次拒絕別人。為了要他心甘情願，我突然想起了『古怪博士』那個女孩和自己喜歡的男孩比賽跑一百公尺的數學題。

『熊大平——』我說。

『呃？甚麼事？』

『我們來比賽吧。』

『比賽？』

『要是你輸了，你要和我戀愛。』

『甚麼比賽？』他一臉好奇。

我當然不會跟大熊賽跑，我沒可能贏他。

『先有雞，還是先有蛋？要是你答對，便不用跟我戀愛。』我說。

他幾乎忍不住打從心底裡笑出來，說：『這就是比賽題目？』

我點頭。

『根本沒有答案。』他說。

『為甚麼？』我問他說。

他自信滿滿地回答說：『這是數學上所謂的「無限迴復」，就像π後面的小數點永遠除不盡。先有雞？不對，雞是由蛋孵出來的；先有蛋，也不對，蛋要有雞才能生出來。所以，答案就是沒有答案。』

『錯！』我向他宣布。

『錯？』他不服氣。

『放心，我會給你一點時間。從明天起的三天之內，你要給我答案。你不能只說答案，否則便很容易猜中。答案必須有合理的解釋。要是你答不出來，我會把答案告訴你，那就代表我贏。』我說。

『到時你沒答案，那怎麼辦？』他也不笨。

我拎起地上的書包，一邊走下台階一邊對他說：

『我的答案會讓你心服口服。』

他深信不疑，一副懊惱的樣子。

我靈光一閃，停下來，轉頭跟他說：『這樣吧，這三天，我們每天晚上六點鐘在租書店對面的小公園見面，每一天，我會給你一個提示。』

『好。』他竟然爽快地答應。

我猜得沒錯，其他的誘惑對大熊也許不管用，但是，要他解開一個謎題，他是沒法抗拒的。這個傻瓜，為了解謎，他甚至會不惜冒上失身的危險。

這三天之內，他腦子裡只會有雞和雞蛋。三天之後，即使他準確無誤地說出答案，我也還是賺到三天跟他約會的時光。要是星一把跟蹤當成禮物送給我，那麼，這三天便是我送給自己的禮物；縱使我並沒有必勝的把握。

第二章

三天之約

1

第一天。

前一天晚上，我本來已經選好了這天要穿的衣服。然而，放學之後回到家裡，把衣服套在身上，望著鏡中的自己，我突然發覺今天整個人的狀態、臉色、氣質、眼神、側影、背影，還有咧嘴而笑、羞人答答的笑、梨渦淺笑的樣子等等各方面，穿起這身衣服都不好看。天啊！我為甚麼會買呢？

我只好從頭再挑衣服。可是，試了一大堆衣服之後，我最後還是穿上我常穿的一件胸前有圖案的綠色汗衫、牛仔短裙和一雙白布鞋出門。臨行前抓了一本雜誌塞進布包裡。

六點正，我來到小公園，繞著小噴泉蹀步。泉水嘩啦嘩啦的飛落，我覺得自己的心好像也撲通撲通的跳。這時，一顆水珠濺進我眼裡，我眨了眨眼睛，看到老遠朝我走來的大熊。我連忙望著另一邊，又低頭望了望地下，假裝我沒看到他。

等到他走近，我才抬起頭，好像剛剛發現他的樣子。這是我和大熊第一次的約會，他身上還穿著校服，罩上深藍色的套頭羊毛衫，揹著那個大石頭書包，白襯衫從褲頭裡走了出來。

『我想到了！』他胸有成竹地說。

『答案是甚麼？』我問他說。

『先有雞。』他說。

『為甚麼？』

『你沒看過「侏羅紀公園」嗎？雞是由恐龍進化而成的。』

『呃？』

『恐龍是許多鳥類的始祖，雞也曾經是鳥吧？恐龍族中有一種體積最小的飛龍，樣子很像雞。冰河時期，恐龍族為了生存下去，體積不斷縮小，原本的四隻爪變成兩隻爪，然後就變成我們現在吃的雞。』他說時一副信心十足的樣子。

『錯！』我禁不住咧嘴笑了。

『為甚麼？』他一臉不服氣。

『那並不能證明先有雞。恐龍不也是從蛋孵出來的嗎？那麼，到底是先有恐龍還是先有恐龍蛋呢？況且，雞由恐龍進化而成，也只是一個傳說。』我說。

他皺著眉苦思，卻又無法反駁我。

『那麼，提示呢？』他問我。

『我肚子餓，我們去吃點東西再說吧。』我把雜誌從布包裡拿出來，翻到摺了角的一頁給他看，說：

『這裡介紹一家新開的「古墓餐廳」，學生有優惠呢！』

『古墓？』他怔了一下。

『你害怕嗎？』

『才不會。』

『那麼，快走吧。』我走在前頭說。

『古墓餐廳』在地底，地面有一條陡斜陰暗的樓梯通往餐廳。我和大熊走下塗敷灰泥的梯級，梯級兩旁粗糙的牆壁上掛著電子火炬，微弱的光僅僅照亮著前面幾步路，一陣陰森森的氣氛襲來。

終於到了地底，那兒有兩扇灰色圓拱形對開的活板門，上面鏽跡斑駁，佈滿蜘蛛網，門廊上俯伏著兩隻樣貌猙獰的黑蝙蝠，跟真的很像。接待處是一塊覆滿了灰色苔蘚的長方形石碑，上面刻著『古墓』兩個字。一男一女的接待員身上穿著祭司的束腰黑長袍，頭罩黑色兜帽，兩個人都有隆起的駝背，腰上同樣掛著一個半月形的金屬塊，看來像護身符。

那位女祭司臉上罩著烏雲，冷冷地問我們：

『兩位是來盜墓吧？』

『呃？』我和大熊同時應了一聲，又對望了一眼，然後像搗蒜般點頭。

『跟我來。』女祭司的聲音依然沒有半點感情，從石碑後面拿出一個電子火把微微高舉起來。

她推開活板門，門嗄吱嗄吱地響，裡面黑天黑地的，全靠火把照亮。我和大熊緊緊跟著她。

活板門後面是一條古怪的隧道，地磚長出雜草，枯葉遍佈。龜裂的石牆上有忽長忽短的鬼影晃動，裂縫中映射出詭異的藍光。

『你為甚麼挑這麼黑的地方來？』大熊跟我說話，回音久久不散。

『我怎知道這麼黑？』我聽見了自己的回音。

隧道的盡頭微光飄逝，傳來淒厲幽怨的一把女聲，唱著令人毛骨悚然的歌。

『你猜她的駝背是真的還是假的？』我指了指前面女祭司的背，小聲問大熊。

『不知道。』他小聲回答。

我好奇地伸出食指輕輕戳了女祭司的駝背一下。

『哎唷！』她突然慘叫一聲。

『嗚哇！』我尖叫，跟大熊兩個人嚇得同時彈了開來。

那個手持火把的女祭司轉過頭來，臉孔縮在帽兜裡，陰沉沉好像找晦氣似的，盯著我和大熊，說：

『假的也不要亂戳嘛！』

我吐了吐舌頭，朝大熊笑了笑，他正好也跟我笑。我們還是頭一次那麼有默契。

穿過迂迴的隧道，終於進入墓室。這兒坐滿了客人，籠罩在紫藍色暗影中的陌生臉孔看起來都有點詭異。我嗅到了食物的香味，抬頭看到圓穹頂上倒掛著更多齜牙咧嘴的黑蝙蝠，像老鼠的小眼睛會發光似的。沒窗戶的灰牆上繪上奇異的壁畫，全都是長了翅膀的男人、女人和怪獸。藍焰飄搖的電子火炬懸掛壁上，牆身的破洞棲息著一隻隻栩栩如生的貓頭鷹，全都瞪著一雙驚恐的大眼睛，好像看見了甚麼可怕的東西。

墓室中央隆起了一個黑石小圓丘，看來便是陵墓。陵墓旁邊擱著一個生鏽的藏寶箱，裝著骸骨、珠寶和劍。

駝背女祭司領我們到一個正立方體的黑石墓塚，那就是餐桌。然後，我們在一張有如墓碑、背後蛛網攀結的黑石椅子上坐了下來。這時，一個作祭司打扮的男服務生如鬼魅般貼著牆縮頭縮腦的走來，丟給我們一張蝙蝠形狀的黑底紅字菜單，一臉寒霜的問我和大熊：

『點甚麼菜？』

在這裡工作有個好處，就是不需要對客人笑。

我們就著壁上火炬的微光看菜單。我點了『古墓飛屍』，那是石頭烤雞翅膀。大熊點的『死亡沼澤』是墨魚汁煮天使麵。我們又各自要了一杯『古墓血飲』，那是紅莓冰。

祭司腰間那個半月形的金屬塊原來是點火器，男祭司用它來點亮了我們墓塚上那個灰色蛛網燭台。

『你為甚麼由得鸚鵡在屋裡亂飛？』我問大熊。

『皮皮喜歡自由。』他笑笑說。

『牠是甚麼鸚鵡？』

『葵花。』他回答說。

這時，我們要的『古墓血飲』來了，裝在一個瞪眼貓頭鷹形狀的銀杯子裡，顏色鮮紅如血。我啜了一口，味道倒也不錯。

我舐了舐嘴邊的紅莓汁，問大熊：

『皮皮會說話嗎？』

他搖了搖頭。

我讀過那本《如何令你的鸚鵡聰明十倍》，原來，並不是每一種鸚鵡都會說話。但是，葵花鸚鵡一般都會說話。

大熊啜了一口『血飲』，說：

『皮皮是聾的。』

『聾的？』我怔了一下，問大熊，『那你為甚麼會買牠？』

『是買回來才知道的，受騙了。』

『你為甚麼不退回去？』

『退了回去，別的客人知道牠是聾的，沒有人會要牠。』大熊說，然後又說：

『皮皮其實很聰明。』

『你怎樣發現牠是聾的？』

『我教牠說話教了三個月，每一次，牠都拚命想說出來，卻甚麼也說不出來，只是可憐巴巴地望著我，嘎嘎嘎的叫。於是，有一天，我對著牠的耳朵大叫一聲，牠竟然一點反應都沒有。後來我帶牠去看獸醫，獸醫說牠是聾的。』

『會不會就是你那一聲大叫把牠的耳膜震裂了？』我說。

『不會吧？』他傻氣地楞了一下。

『你覺不覺得這個古墓好像陰風陣陣？你冷不冷？』我問他說。喝了半杯『古墓血飲』的我，手臂上的寒毛都豎了起來。

大熊搖了搖頭。

『那麼，你的羊毛衫借我。』我說。

『呃？這件？』他遲疑了一下。

『要是我明天感冒，沒法跟你見面，便沒法給你提示了。』

他只好乖乖把羊毛衫脫下來給我。

我把他的羊毛衫套在身上，雖然鬆垮垮的，卻還留著他的餘溫。我的身體暖和多了。

『對了，你說過給我提示。』大熊期待的眼睛望著我。

『菜來了，好像很好吃的樣子呢。』我岔開話題。

一個臉色異常蒼白，掛著兩個黑眼圈，好像昏死了四百年，剛剛屍變的男祭司把我們的菜端來。『古墓飛屍』盛在一個深口石碗裡，飄著古人用來驅鬼的蒜香。『死亡沼澤』盛在一個淺口大碗裡，濃濃的墨魚汁比我和大熊的頭髮還要黑。

大熊把那個蜘網燭台拿起來。一朵藍焰在他眼前飄搖。

『你幹嘛？』我問他。

他皺著眉說：『我看不清楚自己吃的是甚麼。』然後，他就著燭光研究他那盤墨魚麵。

『你根本不會看得清楚，誰要你叫這個「死亡沼澤？」』我沒好氣地說。

他只好把燭台放下，不理那麼多，用叉把麵條叉起來塞進口裡。

『你為甚麼會住在男童院裡？』我一邊吃一邊問大熊。

『我爸爸是院長。』他說。

『那麼，你是在男童院長大的嘍？』

大熊點點頭。

『但是，他們不都是問題少年嗎？』我問他。

『他們本質並不壞。』他說。

『那麼，你在院裡是不是有很多朋友？』

『院童不會在院裡一直住下去的，跟我最要好的那幾個已經離開了。他們有的繼續讀書，有的在理髮店當學徒。』

『就是那個山雞箭豬嗎？』

『山雞箭豬？』他怔了怔。

『幫你做頭髮的那個，他的頭髮不是一根根豎起來嗎？』我用手在頭上比著。

『呃，他叫阿朱，姓朱的朱。』大熊低著頭，一邊吃麵一邊說。

我悄悄望著他，突然明白大熊為甚麼那麼重視朋友，甚至願意為朋友吃虧。他的成長跟別人不一樣。院長的兒子跟院童要成為朋友，大家都要掏出心窩才可以吧？

『你是獨生子吧？』我問他。

『你怎麼知道？』

『我能夠嗅出那種氣味來。』我說。

『甚麼氣味？』大熊好奇地望著我。

『秘密。』我眨了眨眼睛說。

與其說是秘密，倒不如說，那個也是我的願望。十六歲的愛情，都會在對方身上努力找出共通點，把小小一個共通點放大、放大、再放大，直到無限大，然後興奮地跟對方說：『我們多麼相似！』彷彿這個世界上沒有別的獨生子似的。

『你也是獨生兒嗎？』大熊問我。

『本來不是。』我說。

『甚麼叫本來不是？』他怔了一下。

『我原本是雙胞胎，有一個比我早七分鐘出生的姊姊，但她出生不久就夭折了。我常常想，要是她沒死，這個世界上便有兩個我，長得一模一樣，她可以代替我去上學和考試。但是，長大之後，我們會過著不一樣的人生，大家喜歡的男生也許不一樣。我有時覺得，她好像還在我身邊，並沒有死。她甚至會跟我聊天。』我告訴大熊。

大熊很同情地看著我，不知道說些甚麼安慰的話才好。

我咯咯地笑了起來，說：

『騙你的！』

受騙的他露出尷尬的神情。他真的太容易相信別人了。

『我跟你一樣，是獨生孩子，所以我能夠嗅出誰是同類。至於怎樣嗅出來，可是我的秘密。』我朝他笑笑說。

我擁抱著那個『秘密』，把面前那盤『古墓飛屍』吃光。第一次約會的女孩，實在不該吃這麼多。

從『古墓』出來，星星已經在頭頂了。我肚子撐得飽飽的，嘴唇給紅莓汁染得紅咚咚。大熊的嘴唇卻是黑色的，都是墨魚汁的緣故。

我在點點星光下讀著手裡的兩張優惠券，一邊走一邊說：

『真好，還送集團旗下另一家餐廳的優惠券呢，我們明天去這一家試試吧。』

我轉頭跟大熊揮揮手，說：

『明天記著準時在小公園見，再見了。』

『呃，你還沒給我提示。』他追著我問。

『世界上到底有沒有雞呢？』我說。

他等著我說下去。當他發覺我嘴巴沒動，他失望地問我：

『這就是提示？』

我點了兩下頭，甩著手裡的布包，跟他說：

『明天見。』

他苦惱地杵在星光下。

等我上了車，我才發現他的羊毛衫還穿在我身上。我把衫腳翻過來，看見左邊縫了一條深藍色的小布條，上面用灰線縫上品牌的名字，是我們學生常用的便宜的進口貨。

我突然想到了一些甚麼。

那天晚上，我把大熊的羊毛衫從裡面翻出來，拿出針線，徹夜用一根紅線小心翼翼地在小布條的背後繡上我的英文名字的第一個字母『W』。這樣，大熊整個冬天，甚至明年和後年的冬天，都會穿著有我名字的羊毛衫，這一切會神不知鬼不覺。我不用灰線或藍線而用紅線，是故意給大熊留下一點線索。也許有一天，他會無意中發現布條上的紅色『W』字，會想起我，然後既感動又慚愧地說：

『原來鄭維妮這麼喜歡我，我熊大平這個豬頭憑甚麼！』

2

第二天。

五點五十分，我把大熊的羊毛衫塞進布包裡，從家中出發到小公園去。大熊還沒來，我一邊盪鞦韆一邊等他。我愈盪愈高，盪到半空的時候，看到他老遠朝我跑來，每當我往前盪高一些，他便接近我一些，然後再接近一些，終於來到鞦韆架前面。

『我想到了！』他仰著頭跟我說。

『答案是甚麼？』我盪下來問他。

『先有雞。』他肯定地說。

『為甚麼？』我盪上半空。

『聖經說的。』他又抬起頭來對我說。

『聖經說先有雞才有雞蛋？』我緩緩慢下來，一隻腳踩在地上，然後另一隻。

『聖經說，上帝用了六天創造世界。就是在第六天，上帝造了雞。』大熊說。

『聖經哪有說上帝造了雞，你以為我沒讀過聖經嗎？』

『聖經說：「上帝造出牲畜，各從其類」，雞是牲畜，所以先有雞。』他臉上露出勝利的微笑。

『錯。』我從鞦韆上走下來，咧嘴笑了。

我又賺了一天。

『為甚麼錯？』大熊不服氣地問。

『聖經只是說上帝創造了牲畜，可沒說是雞。』我說。

『雞明明是牲畜。』他反駁。

『我問你，騾子是怎麼來的？』沒等他回答，我接著說，『是馬和驢雜交而成的，對吧？天地之初，根本就沒有騾子，是後來才有的。所以，上帝是造了牲畜，但上帝不一定造了雞，起初也許沒有雞。』

他看著我，張著嘴想說甚麼，終於還是沮喪地閉上嘴巴。

『昨天忘了還給你。』我從布包裡掏出那件羊毛衫丟給他，大熊不虞有詐，把羊毛衫往身上套。

『那……請你給我提示吧。』他低聲下氣求我。

『我肚子餓，不吃飽絕對沒法給你提示。我們去「十三貓」好嗎？』

『甚麼「十三貓」？』他一頭霧水。

我摸出昨天送的優惠券在他面前揚了揚，說：

『是跟「古墓」同一個集團的。』

『為甚麼他們的餐廳都這麼古怪？』他一邊走一邊咕噥。

『古墓』在地底，『十三貓咖啡室』卻在天上，它在一幢商廈的頂樓。既然不在十三樓，為甚麼又叫『十三貓』呢？

我和大熊乘電梯到了頂樓，電梯門一開，我看見兩隻波斯貓，一隻金色毛，一隻銀色毛，是人扮的。金的是貓女，她戴著毛茸茸、金光燦爛的貓頭套，兩隻小耳朵豎起，眼皮塗上厚厚的銀藍色的眼影膏，眼睫毛長長的，兩邊臉頰畫了幾根白色的貓鬚，身上穿著金色緊身衣，手上戴著貓爪手套，腳上踩著金色皮靴。銀色的是貓男，同樣戴著貓頭套和貓爪手套，塗了一張貓臉，只是貓鬚更長一些。貓男身上穿著銀色的燕尾服，長長的尾巴擺在身旁，胸口有一撮銀狐似的毛，腳上踩著一雙銀色皮鞋。

貓男和貓女手支著頭，手肘懶懶地抵住那個貓臉造型的接待櫃台。當我們進來時，他們正用人話交談。

我和大熊走上前。

『喵嗚……喵嗚……』貓男和貓女衝我們像貓兒般叫。

我和大熊對望了一眼，也只好對他們兩個『喵嗚！喵嗚！』

『是來吃貓飯吧！』貓女嬌滴滴的聲音問。

『會不會真的吃貓吃的飯？』大熊問我。

『不會吧？』我說。

貓女從櫃台走出來，領我們進咖啡室去。她也有尾巴，不過卻是像一球金色的小毛團似的黏在屁股上。她優雅地走著貓步，黑石地板上印著一個個梅花形的白色貓掌印，貓女好像總能夠踩在那些掌印上，不像我和大熊般亂踩。

餐廳挑高的圓拱形天幕藍得像夜空，布滿大大小小閃爍的繁星，中間藏著一雙雙亮晶晶的貓兒眼，有的又圓又大，有的呈狹長形，有的滴溜溜像玻璃珠，有的神秘莫測，有的很慵懶，像剛睡醒似的。

我們在一張小圓桌旁邊坐了下來，木椅子的椅背是一隻虎紋貓蹲坐的背影，七彩繽紛的桌面像魚缸，畫上了貓兒最愛的各種金魚，還有水草和珊瑚。

一個黑貓打扮，四蹄踏雪的女服務生走來，放下兩張貓臉形的菜單，衝我和大熊『喵嗚』了一聲。

『喵嗚！』我和大熊同聲應著。

菜單上果然有『貓飯』、『貓麵』、『貓魚』、『貓不理布丁』、『貓思春』、『貓妒忌』、『貓眼淚』等等奇怪的菜名。我和大熊都要了貓飯，那是日式鮭魚卵拌飯，是我們的至愛。大熊點了一杯『貓妒忌』，是貓兒不能喝的冰巧克力。我糊裡糊塗，竟然點了一杯『貓思春』，我懷疑是潛意識作怪。

餐廳裡星星眨巴眨巴，落地玻璃窗外面也有一片綴滿星星的、真實的夜空。來這裡的都是年輕人，一雙一對的，我和大熊看起來大概也像情侶吧？

『這裡為甚麼叫「十三貓」？』我問『四蹄踏雪』。

『四蹄踏雪』伸出雪白的貓爪指著天幕，神秘兮兮地說：

『天幕上總共有十三雙貓兒眼，不過，有的客人會數出十四雙來，又或者是十三雙半。』

我和大熊不約而同抬起頭數數一共有多少雙貓眼睛。

『為甚麼我會數到十四雙半？』我吃了一驚，問大熊。

『是十三雙沒錯。』他以近乎權威的口吻說。數字是他的專長。

『四蹄踏雪』用一支毛茸茸的貓爪筆寫下我們要的菜，然後踩著貓步走開。她的尾巴是一球黑色小毛團。

我再數一遍天幕上的貓眼睛，當我數到第八雙的時候，大熊突然說：

『你昨天說，你能夠嗅出獨生孩子的氣味，不可能吧？』

『我為甚麼要騙你？』我給他打亂了，得從頭再數一遍。

『那麼，星一呢？他是不是獨生子？』他分明是在考我。

『星一不是。』我說，心裡其實沒有十足的把握，只是直覺罷了。

然而，瞧大熊那副慘敗的神情，我似乎說中了。

『你早知道？』他一臉懷疑。

『我根本不知道。呃，為甚麼這一次只數到十一雙？』我望著天幕咕噥，轉頭問大熊說：『我沒說錯吧？』

大熊洩氣地點點頭。

『他有幾個兄弟姊妹？』

『他有兩個妹妹，劉星三和劉星五。』大熊說。

『為甚麼沒有劉星二和劉星四？』我覺得好奇怪。

大熊好像覺得我的問題很惹笑，他歪嘴笑著說：

『可能他爸爸不喜歡雙數。』

我覺得他的回答才真惹笑，我忍不住笑出聲來。看到我笑的他，也露出咯咯大笑的傻樣。當『四蹄踏雪』端來『貓思春』和『貓妒忌』，衝我們『喵嗚』一聲時，我和大熊也只能邊笑邊『喵嗚喵嗚』。

『貓思春』原來是一杯顏色鮮艷的雜果冰。我啜了一口止笑，問大熊：

『那時你給學校開除，你爸爸是不是很生氣？』

『你怎知道我給學校開除？』他怔了一下。

『你偷試題的事，在網上流傳了很久。』我惟有胡扯。

『呃？是哪個網？』

『互聯網。』我說了等於沒說，又問他：『你幫他偷試題的那個人是誰？』

『他是我在男童院裡的朋友。』

『你考試時把試卷借他抄，不就可以了嗎？』

『我坐在第一行，他坐在第五行，怎麼抄？』大熊說。

『那你平時沒教他數學的嗎？』

『我天天都替他補習，但他沒信心會及格。』

『所以只能去偷？』

大熊點點頭說：『他媽媽患了重病住在醫院裡，他想拿一張全部及格的成績單給她看。』

『偷試題的那天晚上，你真的看到一個男老師和一個女老師在教員室裡親熱嗎？』

他傻傻地楞了一下，說：

『網上連這個也有說？』

我猛點頭，問他：『當時發生了甚麼事？』

『他們兩個在教員室裡，燈也沒開。我們帶著手電筒進去，沒想到會有人在。我一開手電筒，就看見女的坐在男的大腿上，嚇了我一大跳。他們好像也給我嚇了一跳。』大熊說。

『你那個朋友就這樣丟下你，自己一個人跑掉，不是太沒義氣嗎？』我問大熊。

『是我叫他快點走的。他是因為偷東西而要進男童院的，絕對不能再犯。』

『所以你寧願給學校開除也不肯把他供出來？』

我望著大熊，大熊啜了一口『貓妒忌』，朝我笑了笑，那副稀鬆平常的樣子，好像全不覺得這是甚麼偉大的事情。

『但是，那個校長也太過分了，為甚麼一定要把你趕走？』我替大熊抱不平。

『她是我爸爸中學時的學姊。』大熊說。

『她追求過你爸爸，給你爸爸拒絕了，所以懷恨於心？』

大熊搖了搖頭，說：

『她那時喜歡我爸爸的一個同學。』

『那跟你爸爸有甚麼關係？』

『我爸爸的同學問我爸爸的意見。』

『你爸爸說了她的壞話？』

大熊搖搖頭說：

『我爸爸說了她的好話。』

這時，『四蹄踏雪』把兩盤盛在貓臉形陶碗裡的『貓飯』端來，衝我們『喵嗚』一聲。

『喵嗚！』我把魚卵跟飯和醬油拌勻，問大熊：『那她為甚麼恨你爸爸？』

大熊一邊吃一邊說：

『我爸爸跟那個人說「你別看陳惠芳她長得像河馬，人倒是不錯的，挺聰明。」』

我幾乎把口裡的飯噴到大熊臉上去。

大熊歪嘴笑著說：

『那個人把我爸爸的話源源本本地告訴她，然後說：「熊宇仁這麼不挑剔的人都說你長得像河馬，對不起，我不能跟你交往。」』

『她甚麼時候發現你是你爸爸的兒子？』

『就是我偷試題要見家長的那天。』

『那豈不是父債子還？』

『這樣也有好處。我爸爸覺得對不起我，沒怪我偷試題。』大熊說。

『那個陳惠芳到現在還沒結婚吧？』

『她結了婚，還生了兩隻小河馬，一家四口的照片放在校長室裡。』

『太可怕了！雖然找到幸福，還是沒法忘記從前的一段血海深仇。』

『後來我才明白，為甚麼那天我跟爸爸離開校長室的時候，看見她抹眼淚。我還以為她太痛心我。』

『她是因為終於大仇得報！』我說。

『她沒報警捉我，已經很好了。』心地善良的大熊竟然還替那個人說話，無仇無怨地把那碗『貓飯』吃光。

離開『十三貓』之前，我抬頭再數一遍天幕上的貓眼睛，只數到十二雙。

『為甚麼我數來數去都不是十三雙貓眼睛？』我問大熊。

他故弄玄虛地說：

『有的貓眼睛看來像星星，有的星星看來像貓眼睛。』

他說話很少這麼高深。

走到街上，我甩著手裡的布包，抬頭看著夜空上一閃一閃的星星，回想咖啡室天幕裡到底有哪顆星星像貓眼睛。我原地轉了個圈，轉到大熊面前停下，跟他說：

『下次一定要再去數清楚。』

他望著我，神情有點靦腆，好像等待著甚麼。

『不用送，我自己回家好了。』我雙手抄在背後，輕輕搖晃著手裡的布包說。

『你還沒給我提示。』他說。

原來他等的是這個。

『雞蛋是不是雞生的？』我說。

他頭偏了一下，問：

『這就是提示？』

我點點頭。

他皺著眉想了又想。

『你臉上黏著一顆飯。』我指了指他的臉，告訴他說。

他用手大力抹了右邊臉一下。

『不是右邊，是左邊。高一點，再高一點，左邊一點，低一點，呃！沒有了。』我說。

他雙手垂下，重又插在褲袋裡。

向來粗枝大葉的他並沒有把那顆飯抹走。他臉上根本就沒有黏著飯，是我撒謊。不知道為甚麼，突然很想騙他，那就可以定定地、名正言順地望著他，為這天畫上一個難忘的句號。誰知道他明天會不會猜出答案？

『明天記著準時出現啊！』我一邊從布包裡掏出耳機戴上一邊說。

走了幾步，我把耳機扯下來，轉過頭去喊他：

『喂，熊大平！』

『甚麼事？』跟我走在相反方向的大熊朝我回過頭來。

『靠近咖啡室門口那兒是不是有一雙小貓的眼睛？』我問他。

大熊可惡地衝我笑笑，一副他不打算告訴我的樣子。

『哼！我就知道是！』我抬抬下巴，背朝他繼續走我的路。耳機裡傳來徐璐的歌聲，在夜色中繚繞。不管今夜有幾雙貓眼睛，我還是又賺了一天。

3

第三天。

這天終結之前，我和大熊的故事將會出現兩個截然不同的版本。

版本一：

大熊答對了。因此，今天是我們一起的最後的一天。

許多年後，我終於當上了空服員，孤零零地一個人到處去。有一天，我在旅途上碰到一個剛相識但很談得來的朋友。她問我：

『你的初戀發生在甚麼時候？』

『十六歲。』我回答說。

『維持了多久？』

『三天。』

『只有三天？』

『但是，就像三十年那麼長啊！我到現在還記得。』

『你們為甚麼分手？』

『不就是因為雞和蛋的問題嘛！』

『雞和蛋？』

『這是我們之間的秘密。』

『是你甩了他？』

『嗚……是他不要我。』

『他現在怎麼樣？』

『跟一個比我老比我醜的女人一起。』

『他一定挺後悔吧？』

『應該是的。』

『那三天，你們都做些甚麼？』

『我們去盜墓，吃古墓飛屍，喝血飲，又吃過貓飯……』

『天啊！你說你們吃甚麼？』那個人嚇得一溜煙跑掉了。

『我還沒說到第三天啊！』

版本二：

大熊答錯了。因此，今天是我們第一天談戀愛。

許多年後，我終於當上了空服員，常常拖著漂亮的行李箱到處去。這天，我剛剛下機，住進巴黎香榭麗舍大道的一家飯店。我在房間裡打了一通電話回去香港。

『是大熊嗎？我剛剛到了巴黎，現在看到巴黎鐵塔啦。有沒有想我？甚麼時候開始想我？我一上飛機就開始想我？真的嗎？想我想到甚麼程度？想得快瘋了？你別瘋，我過幾天就回來。我有沒有想你？我想你幹嘛？我才沒有。說不定一會兒我會有艷遇呢！你知道法國男人有多浪漫嗎？哪裡像你！你記著衣服別亂丟，別只顧著打機，別忘了去我家幫我的花澆水。水別澆太多，上次都把我的花淹死了。你這個摧花手！信不信我殺了你的皮皮報仇！呃……還有，法郎兌港幣多少？一百塊等於幾法郎？是乘還是除？你是我的計算機嘛！好啦，掛線嘍。我待會要出去買東西。買甚麼？來巴黎當然要買性感內衣！穿給誰看？你說呢？色鬼！當然是穿給我自己看！怕了你，吻一下，拜拜。』

然後，我在『巴黎春天百貨店』瘋狂購物時，撥手機給大熊：

『七百九十八法郎兌港幣多少？我不會算嘛！我在試鞋子，你說買金色好，還是買銀色好？你看不見沒法決定？你就想像一下嘛，兩雙鞋子都是一個款式，圓頭淺口、平底的，漂亮得沒話說，可以穿一輩子那一種。金色？金色不會太土嗎？我覺得銀色比較好？那為甚麼還要問你？我需要支持者嘛！好嘍，我回飯店再打給你。你會不會睡了？你等我？那好喔。』

回到飯店，我洗了個澡，躺在舒服的床上，搖電話給大熊。

『你睡了沒有？為甚麼還不睡？還在打機嗎？我沒跟她們去吃飯。有點時差，很累，沒有，沒有不舒服。我這邊窗看到月亮，你那邊有沒有月亮？你也看到？太好了。巴黎的月亮很圓啊！大熊，你那時為甚麼喜歡我？我追你？我哪裡有追你？你想跟我戀愛，所以故意說錯答案吧？一定是這樣沒錯。大熊，我不想飛了。是的，我是喜歡當空姐，但是常常要跟你分開……嗚……嗚，我沒事，我沒哭。大熊，假如有天我遇上空難死了，你會永遠想念我嗎？我沒胡思亂想，我是說「假如」，你會為我哭嗎？你會不會愛上別的女孩子？嗚嗚……大熊，有一件事我一直沒告訴你。我也是第五屆的。當然不是「香港小姐」，是第五屆「省港盃嬰兒爬行比賽」。你那天破紀錄拿了冠軍，第二天的報紙把你封作「省港奇嬰」，你記得吧？我爸爸媽媽當天也帶著胖嘟嘟的我參加。我沒包尾。我爬得挺快的，哨子一響，我就直接爬去旁邊的頒獎台，趴在第一名的位置上大笑。後來，你領獎的時候，我爬出來騎在你身上，猛舐你的臉，你哭著想逃，我把你的紙尿褲扯了下來。有個記者拍了照，第二天，報紙登了出來，大字標題說我是「慾海肥嬰」，我媽媽常常拿來取笑我。這件事太糗了，那麼多年，我都沒告訴你。對，我就是那個強吻你的「慾海肥嬰」。大熊，我死了之後，你多想這個，那就不會太傷心，知道嗎？嗚嗚……嗚嗚……』

一整天上課的時候，我腦子裡都想著這兩個版本，時而偷笑，時而鼻酸，今天的結局，到底會是哪個版本？坐在我後面的大熊一點動靜也沒有，他也是整天想著兩個版本吧？先有雞還是先有蛋？

終於等到最後一節課的鐘聲響過，我拿起書包快步走出課室。

『維妮！』芝儀叫住我。

『甚麼事？』我停下來，回頭問她。

『這兩天為甚麼一放學就不見了你？你忙些甚麼？』

重色輕友的我都把芝儀給忘了。

『過了今天，我會源源本本的告訴你，好嗎？好了，我要趕車。』

無情的我把莫名其妙又孤單的芝儀丟在那兒，奔下樓梯，走出學校大門，跑到車站排隊。人愈心急，車也就好像來得愈慢。終於，巴士駛來了。我鑽上車，在車廂最後一排靠窗的位子坐下來，戴著耳機的頭抵著車窗看風景。今天該穿白色汗衫配綠色外套，還是黃色汗衫配藍色外套？為甚麼我老是覺得今天像是最後一天？跟大熊戀愛的感覺卻又偏偏愈來愈強烈？我已經不想跟他分開了。我多渴望有一天能夠跟他分享巴黎的月亮。

就在我愈想愈悲傷的時候，我無意中瞥見車外有一張熟悉的臉，是星一。他為甚麼會跟比我們高一班的『魔女』白綺思一起？兩個人還一路上有說有笑。白綺思是我們學校著名的『零瑕疵』美女，公認是男生的夢中情人。

一名自稱『綺思死士』的仰慕者為她做了一個網站『無限綺思』，經常因為瀏覽人數太多而造成網路大塞車。網上有一句話用來形容白綺思，雖然只有短短六個字，卻是所有女生望塵莫及的，那就是：『得綺思，得天下。』後來，又有人再加上一句：『綺思不出，誰與爭鋒？』

網上有許多關於她的傳聞。據說，兩年前，有一位一級榮譽畢業、剛剛出來教書、年輕有為，自視極高的男老師戀上了她，情不自禁寫了一封情信給她。白綺思當著他和全班同學面前把那封信撕掉。那個可憐的男老師從此在學校消失了。

傳聞又說，去年，附近名校一位身兼學生會會長、劍擊隊隊長和學界柔道冠軍的男生，遭到白綺思拒愛之後，不理家人反對，跑到嵩山少林寺出家，決心要成為一位武僧，永永遠遠保護白綺思，為她獨身。

『魔女』的稱號就是這麼來的。

然而，星一卻竟然能夠『越級挑戰』，擠到白綺思身邊，白綺思看來並不抗拒他。我希望星一不會是下一個到嵩山少林寺出家的男生吧。

車子走得比人快，我失去了星一和白綺思的身影。說過喜歡我的星一，變心變得可真快。他是為了要向我報復嗎？遭到我拒絕之後，改而追求白綺思，簡直就是對我最悲壯的報復。這一刻，我臉上一定是露出了一個沾沾自喜的笑容，因為坐在我對面那個眉心懷大痣的女生目不轉睛地望著我。

那個沾沾自喜的笑容一直陪著我回家，直到我換衣服的時候才消失。為甚麼我好像穿甚麼都不對勁？沒時間了，我惟有穿上第一天穿過的那件綠色汗衫，抓起布包就走。

我遲了十分鐘，幸好，大熊還沒來。我戴上耳機坐在小公園的長板凳上。聽著徐璐演唱會的現場錄音版。一開場，掌聲如雷，聽起來就好像是為今天晚上的我打氣似的。

我搖著兩條腿，聽著歌，一晃眼，徐璐已經唱到第六首歌了。我記得她唱這首〈十二月二十四日的情人〉時，戴了一個紅色劉海的假髮，穿上銀色有流蘇，分成上下兩截的性感舞衣，露出一雙長腿，胸前繪了一隻斑斕的黃蝴蝶，在聚光燈下閃亮閃亮，好像真的會飛。

大熊為甚麼還沒來？

我爬上長方形花圃，張開兩條手臂，像走平衡木似地走在花圃的麻石邊緣。我提起一條腿，放下，然後另一條腿，眼睛望著前方。我看到『手套小姐』從租書店出來，把捲閘拉下。冬天了，她頭上別著一雙鮮紅色的手套，兩手交臂，一個人孤零零地走在路上。大熊會不會已經來過，沒見到我，所以走了？

我把布包抱在懷裡，悶悶地坐在鞦韆上。都第十首歌了，大熊為甚麼還不來？也許，他知道自己會輸，卻又不想遵守諾言跟我戀愛，所以索性不來。

我咬著牙，酸酸地望著地上。我為甚麼要喜歡一個不喜歡我的人呢？演唱會結束了。我把耳機從頭上扯下來，站起身走出去。小公園門口那盞昏暗的路燈下，我看到自己幽幽的影子。突然之間，四圍亮了一些，原來是一個鵝黃色的圓月從雲中冒了出來，幾年後，巴黎的月光會不會比這個更圓更大？但是，那時候，大熊不會在長途電話的另一頭了。

『鄭維妮！』突然，我聽到他的聲音。

我停步，回過頭來，看到剛剛趕來的他，杵在那兒，大口吸著氣，跟我隔了幾英呎的距離。

『熊大平，你為甚麼遲到？』我盯著他問。

他搔搔頭，說：

『我躲起來想答案，過了鐘也不知道。』

『你已經想到了嗎？』

他信心十足地點了一下頭，說：

『先有——』

『先不要說。』我制止他。

『為甚麼？』

『我等你等得肚子都餓扁了，吃飽再說吧。』我噘著嘴說。

要是他答錯的話，現在說跟晚一點說，並沒有很大分別，我只是早一點笑罷了。然而，要是他答對，分別可大了。我想晚一點才哭。

『我們去哪裡？』大熊問我。

我朝他甩了甩頭，說：

『跟著來吧。』

我轉身回到小公園的長板凳上坐下來。

『這裡？』大熊怔了一下。

『不知道會不會已經融了。』我邊說邊伸手到布包裡把兩個乳酪蛋糕拿出來，打開盒子放在長板凳上。蛋糕是我放學之後趕去店裡拿的，卻沒想到大熊會遲那麼多，還以為他不會來了，我一個人要啃兩個蛋糕洩憤。幸好，這時蛋糕還沒有融掉，蓬蓬鬆鬆的，像兩朵蘑菇雲。

『吃這個？』大熊問我說，眼睛望著蛋糕，一副好奇又饞嘴的樣子。

『一個檸檬味，一個苦巧克力味，因為還在研究階段，外面是絕對買不到的。』

『研究階段？』大熊一頭霧水。

『你去噴泉那邊撈兩罐可樂上來吧。』我指了指公園裡的小噴泉，吩咐大熊說。

『呃？你說甚麼？』大熊傻楞楞地望著我。

『你以為噴泉裡面會有免費可樂嗎？是我看見你還沒來，大半個小時前放到泉底冰著的。』我說。

大熊走過去，捋起衣袖彎身在水裡找了一會，撈起了兩罐可樂和幾條水草，轉身衝我笑笑說：

『找到了！』

『水草不要。』我朝他甩甩手。

他把水草丟回去，拿著兩罐可樂回來，一罐給我。

『很冰呢！』我雙手接過泡在泉底的可樂說。

大熊甩甩手裡的水花，在長板凳上坐下來，跟我隔了兩個蛋糕的距離。

『沒想到你原來挺聰明。』他一邊喝著冰凍的可樂一邊說。

『甚麼「沒想到」？甚麼「原來」？你以為我很笨嗎？』我瞪了他一眼。

『呃，我沒有。』他連忙聳聳肩。

我撕了一小塊檸檬乳酪蛋糕塞進口裡，一邊吃一邊說：

『這是我星期天打工的蛋糕店正在研究的新產品，還沒推出市場。我試過了，很好吃。』

大熊吃著苦巧克力乳酪蛋糕，很滋味的樣子，咂著嘴問我：

『你有打工？』

『「沒想到」我「原來」這麼勤力，這麼有上進心吧？明年要會考，也許不能再做了。唉，我好擔心數學不及格，那就完蛋了。』

『我教你好了。』大熊說。

『不管今天晚上之後發生甚麼事情，你還是會教我？』我怔怔地望著他。

『會有甚麼事情發生？』他問我。

『你可能會輸，於是逼著跟我一起，到時候你會好恨我。』我裝出一副漫不經心的樣子說。

大熊仰頭大口喝著可樂，說：

『跟你一起又不是判死刑。』

一瞬間，我整個人定住了，這是我聽過最動人的說話。我蛋糕塞在口裡，凝望著大熊的側臉，感動得幾乎呼吸不過來。

『你是不是哽到了？』看到我那個樣子，大熊嚇了一跳。

『呃，我沒有。』我啜了一口可樂，把蛋糕吞下去。

『你問我一個算術題吧。』我跟大熊說。

『為甚麼？』他怔了一下。

『我想看看自己會不會答。』我說。

『一定不會。』他歪嘴笑著。

『你說甚麼？你再說一遍！』我兇巴巴地瞪著他。

『怕了你！一九九八的鈔票為甚麼比一九九七的鈔票值錢？』

『這個問題很熟，好像在哪裡見過？』我說。

『沒可能。這是我自己想出來的。』大熊很認真地說。

『好。我慢慢想。』

我哪裡會想回答那些讓我看起來很笨的算術題？我只是想分散自己的注意力，那樣我才不會因為太感動而撲到大熊身上去。

『因為一九九八年的鈔票是限量版？』我亂猜。

『不對。』大熊咧嘴笑著。

『有沒有淺一點的？』

『這個已經很淺，用膝蓋想想也知道。』

『好。我再想。』我吃了一口蛋糕，問大熊說：

『你爸爸會不會很兇？』

『為甚麼這樣問？』

『電影裡的男童院院長都是這樣的。』

『他很有愛心，那些院童都喜歡他。他們可以直接叫他「大熊人」，只有犯了院規的時候才必須叫「院長」。』

『他在院裡上班，為甚麼不常和你吃飯？』

『他很忙。下班之後還要到外面去輔導那些邊緣少年。』

『那你媽媽呢？』

『她住在別處。』大熊啜了一口可樂，儘量稀鬆平常地說。

我明白了。他的狀況跟我一樣，但我們都絕對不會把『離婚』兩個字說出來。

『我爸爸也是住在別處。』我伸了一個懶腰說。

大熊轉過臉來訝異地瞥了我一眼，兩個人好一會兒甚麼都沒說。

『會不會是因為一九九七年的鈔票已經舊了？』我一邊吃蛋糕一邊說。

『不對。』大熊露出一個孩子氣的微笑，好像認為我一輩子都不會答對。

『你有沒有想過將來做甚麼？』我問大熊。

他聳聳肩，嘴邊黏著巧克力粉末。

『我想到處去旅行，看看巴黎又圓又大的月亮。』我說。

『你看過巴黎的月亮？』他問我說。

我搖搖頭。

『那你怎知道巴黎的月亮又圓又大？』

『我想像過。』

他咧嘴笑了：『到處的月亮都一樣。』

『但是，只有巴黎的月亮在巴黎鐵塔旁邊。那時，我會講長途電話。』

『跟誰？』

『秘密。』我邊說邊撕下一片蛋糕。

『但是，也只有埃及的月亮在埃及金字塔旁邊、只有威尼斯的月亮在威尼斯的海上。』他搔搔頭說。

『那些我沒想像過。總之，巴黎的月亮不一樣。好了，說答案吧。』

話剛說出口，我就知道糟糕了。我一時情急，把手上的蛋糕塞進大熊的嘴巴裡，想要阻止他說出來。可是，已經遲了一步。

『先──有──雞。』他狼狽地抹著臉上的蛋糕，問我說：『你幹甚麼？』

『呃……我……我看見你臉上有蚊子飛過。』我胡扯。

他果然誤會了。我要的是鈔票的答案。

『為甚麼是雞？』我問他。

『你也聽過十二生肖的起源吧？天地之初，還沒有十二生肖。一天夜裡，一個老人召集了許多動物，對牠們說：「我會從你們之中選出十二種動物，代表人類的十二生肖。那麼，以後就有屬於你們的人類了。」那些動物聽到都很雀躍。老人說：「為了公平起見，會有一場比賽。首先跑到月亮的頭十二隻動物，便可以當選十二生肖。」結果，頭十二隻到達終點的動物是鼠、牛、虎、兔、龍、蛇、馬、羊、猴、雞、狗、豬。那就證明，世界上先有雞。你聽過有人屬雞吧？但你甚麼時候聽過有人屬雞蛋？』

我站起身，把空空的蛋糕盒子撿起來拿去垃圾桶丟掉。

『怎麼樣？我答對了吧？』大熊鬆了一口氣。

我眼淚都差點兒湧出來了，回頭告訴他說：

『對不起，答錯了。』

『為甚麼？』他很詫異的樣子。

我用手抹抹高興的眼淚，說：

『先有蛋。』

『為甚麼先有蛋？』

『我不是給了你兩個提示嗎？第一個是「這個世界上到底有沒有雞？」第二個是「雞蛋是不是雞生的？」』

『雞蛋怎可能不是雞生的？』

『我是說這個世界上的第一枚雞蛋。你沒想過雞可能是山雞跟鳳凰雜交後生下來的，也可能是火雞跟烏鴉相愛之後生下來的嗎？不管是哪兩隻飛禽搞在一起，首先弄出來的一定是一枚蛋。蛋孵出來了，才有第一隻雞。』

大熊張著嘴，恍然大悟的說：

『為甚麼我沒想到？』

『這叫聰明反被聰明誤。熊大平，你輸了。』我把喝完的可樂罐咚的一聲丟進垃圾桶裡。

『我們玩玩罷了？對吧？』他試探地問。

『誰跟你玩？現在送我回家吧。』我甩著手裡的布包衝他說，發覺他臉有點紅。難道可樂也會把人喝醉？

走出小公園，我和大熊漫步在月光下。

『一九九八的鈔票為甚麼比一九九七的鈔票值錢？』我問大熊。

『一九九八張鈔票自然比一九九七張鈔票值錢。』他說。

『原來這樣。真是你自己想出來的？』

『當然了。』

『我也是第五屆的。』我告訴他。

『甚麼第五屆？』

『你以為第五屆「奧斯卡」嗎？是第五屆「省港盃嬰兒爬行比賽」，我就是那個把你的紙尿褲扯下來的「慾海肥嬰」。』

『甚麼？原來是你？』

『就是我。』

『但你現在不肥，真的是你？』

『那些是嬰兒肥嘛！我們認識十六年了。』

『那時還不算認識。』

『你記得阿瑛嗎？你的小學同學，她男朋友叫小畢。她跟我一樣，假期在蛋糕店打工。』

『你是說「飄零瑛」？』

『「飄零瑛」？』

『她是孤兒，我們都這樣叫她。』

『你有沒有喜歡過她？』

『我……我為甚麼要告訴你？』

『阿瑛的身材很好呢。男生是不是都喜歡這種女生？』

『我怎麼知道。』

『我可不可以摸你？』

『這麼快？』

『我是說頭髮。』我痛快地弄亂他那一頭從來不梳的黑髮。

『唉，你幹甚麼？』

『你將來當飛機師好嗎？』

『為甚麼？』

『因為我會當空姐。』

這就是發生在十六歲的愛情故事。以後的日子裡，我常常問大熊，他是不是故意輸給我，所以才會想出像十二生肖那麼傻的答案。然而，不管我怎樣旁敲側擊，他始終不肯說。

第三章

落翅的小鳥

1

阿瑛十八歲生日的那天，並沒有一個富翁父親留給她大筆遺產。但是，她有小畢、我和大熊在『十三貓』陪她慶生。

那天是我頭一次跟小畢見面。不愛睡覺，也不愛剪髮的小畢有點瘦，額前凌亂的劉海遮著他那雙小得像一條縫的眼睛。我很奇怪他為甚麼還能夠看東西。

小畢不笑的時候有點像個憂鬱的大男孩，咧嘴笑時卻邪邪地，像個壞孩子。

『他是魔鬼與天使的混合體。』阿瑛說。

『大熊是上帝的傑作。』身為女朋友，我當然也要替大熊助威。

『上帝的傑作』跟『天使與魔鬼的混合體』只要碰在一起，聊電腦和電子遊戲可以聊個沒完沒了。大熊那時已經很少泡遊戲機店了，他愛在家裡玩遊戲機。那樣更糟，他可以從早到晚玩個不停。

我和阿瑛不談這些，女孩子之間有許多比電子遊戲更有趣的話題。阿瑛考上了演藝學院，她喜歡演戲。那時候，我在唸大學預科。

中學會考放榜的那天，我從小矮人手上接過成績單時，大大鬆了一口氣。數學我竟然拿了及格。這全是大熊的功勞。他是很好的補習老師。他從來沒放棄我，只會咕噥：

『這個世界原來真的有「數學白痴」！』

他默默忍受我補習的時候無聊地弄亂他的頭髮，只會小聲抱怨：

『你為甚麼不搞自己的頭髮？』

有時候，我們愛坐在小公園的長板凳上一起溫習。我會從家裡帶幾罐可樂，藏在小噴泉的泉底冰著，那便可以一直喝到冰凍的可樂。當懶惰的大熊躺在長板凳上睡覺，我會毫不留情地把他抓起來，對他大吼：

『快點溫書！你要和我一起唸預科，一起上大學。我絕對不會丟下你！』

結果，大熊和我，還有芝儀、星一，都可以留在原校唸大學預科班。只是我們沒想到，小矮人就像強力膠一樣黏著我們。他竟然跟我們一起升班，繼續當我們的班主任。薰衣草和盜墓者也繼續教我們中文和英文。

我的擔心看來有點多餘，星一沒去嵩山少林寺出家。我不會看到他在同學會上表演少林絕學一指禪。『魔女』白綺思上了大學。有一天，長髮披肩、身高一米七二的她開著一台耀眼的白色小跑車來接星一放學。這件事當天造成了很大的轟動，『無限綺思』網站上，大家熱烈討論星一和白綺思的戀情。男生紛紛打出一個個破碎的心。網主『綺思死士』更不知從哪裡弄來一張星一減肥前的照片，放在網上，大肆挖苦一番，許多『綺思迷』看了都嚷著要地獄式減肥。

這件事引來一批身為『星一迷』的女生的不滿。她們攻陷『無限綺思』網站，大罵網主『綺思死士』一定是個醜得不敢見人，只好躲起來的變態色情狂，更在『綺思不出，誰與爭鋒』這一句話前面自行加上一句：『帥哥星一，號令天下，誰敢不從？』

『綺思迷』和『星一迷』的罵戰持續了很長一段時間，星一卻好像一點都不關心。他和白綺思的戀情傳開之後，圍繞他身邊的女生反而比以前更多，似乎大家都想跟白綺思比拚一下，沾沾她的光，星一也很樂意在女生之間周旋。

星一和大熊依然是好朋友，有時候，我們三個人會一起去吃午飯，聊些不著邊際的話。有好多次，我都拉芝儀一起去。然而，芝儀只要聽到星一也去，便怎也不肯去，她會說：『我不想跟年度風雲人物一起。』

我不知道有沒有人做過研究，比方說，當一個人一下子失掉十幾公斤，整個人的心理狀態會不會有甚麼影響？性格會不會改變？我總覺得，星一並沒有減肥，而是有一個長得很像胖星一的瘦星一出現，跟胖星一交換了身分，就像《乞丐王子》的故事那樣。有一天，以前那個笑起來有一串下巴，跑起步來兩邊臉頰劈啪響的、比較開朗可愛的胖星一會回來。

阿瑛十八歲生日那天，『星一迷』跟『綺思迷』的罵戰正進行得沸沸揚揚，不是你死就是我亡。從沒見過瘦星一的阿瑛看過網站上肥星一的照片，說：

『他真的可以減掉十幾公斤？』

從沒見過胖星一的大熊說：『那個真的是星一？』

我的懷疑和假設也不是完全沒理由的。

我們說話的時候，一隻虎紋大胖貓打扮的服務生端來阿瑛的生日蛋糕，上面插著十八根蠟燭。阿瑛興奮地站起來，雙手合攏，緊緊閉上眼睛許願。大熊站了起來，假裝拉長耳朵偷聽，引得我和小畢哈哈大笑。

那天分手之後，我們不知道甚麼時候會再見。我和阿瑛假日打工的蛋糕店在一九九九年已經歇業，日式乳酪蛋糕不再流行。我那天帶給大熊吃的檸檬味和苦巧克力味乳酪蛋糕，從來就沒有機會推出市場。

回去的路上，我問大熊：

『你有沒有鼻孔？』

『當然有。』

『你有沒有腳趾？』

『當然有。』

『你有沒有爸爸？』

『當然有。』

『你有沒有喜歡過阿瑛？』

『當然……』

『你說出來，我不會生氣的，都那麼久以前的事了。』我哄他。

然而，無論我用的是甚麼詭計，大熊從來就沒中計。我想，每個人都有秘密吧。就像『十三貓』的天幕上的那些貓眼睛，每次數出來都不一樣，到底是不是那個天幕有機關，永遠是個謎。

2

阿瑛生日之後沒過幾天，便是二〇〇一年的聖誕和除夕。我們原本想要好好瘋一下，因為，過年之後，就得為大學試準備了。但是，十二月二十三日晚上的一通電話，改變了許多事情。

那天晚上七點鐘左右，我趴在床上追《哈利波特》第一集，剛剛看到哈利從海格手上接到霍格華茲的入學通知書。這時，芝儀打電話來。她哭得很厲害。

『芝儀，甚麼事？』我吃驚地問她。

『你有沒有上網？』她斷斷續續地說。

『我在看《哈利波特》。甚麼事？』

『徐璐死了。』她嗚咽。

『不會吧？她怎麼死的？』我跳了起來。

『自殺。我剛剛在網上看到的。』

『那不一定是真的。』我丟下書，走下床去開電腦。

『說她兩個鐘頭前死的。』芝儀哭著說。

『不會的，不會的。』我邊按鍵盤進聊天室邊擰開收音機。

我們常上的那個聊天室果然流傳著徐璐的死訊。據說，五點鐘左右，有人看到徐璐把車停在青馬大橋。她從車上走下來，攀過圍欄，徘徊了一陣，然後縱身從橋上跳下去，身體在半空中畫出一個優美的弧度。

『我看到了。不會是真的，你也知道很多人愛中傷她，新聞也沒報。芝儀，你先掛線，我待會再打給你。』

我馬上打給大熊。

『你有沒有上網？』我問他。

『我在打機。』大熊說。

『你快點幫我看看，網上傳徐璐死了傳得很厲害。』

『不會吧？』

我聽到大熊那邊按鍵盤的聲音。

一個鐘頭之後，電視新聞簡報出現了徐璐的照片，穿著黑色衣服的女主播嚴肅地報導徐璐的死訊。電視畫面上，徐璐的屍體由潛水員打撈上來，放在一張擔架床上，抬到車裡去。屍體從頭到腳用黑布裹著，沿途留下了一條水漬斑斑的路。

那天晚上，我沒法睡。

『不會是真的。我的偶像不會死。』我跟自己說。

然而，第二天，報紙的頭版登了徐璐九八年演唱會上一張她回頭帶著微笑朝觀眾席揮手道別的照片。

她真的走了。

報上說，三十三歲的她因為感情困擾和事業走下坡而自殺。她的男朋友就是我和芝儀在麥當勞見過的那個模特兒。兩個人一直離離合合。徐璐出事前一個星期，那個男模從他倆同住的公寓搬走了。

不會游泳的她，選擇在落日燒紅了天際的一刻從橋上躍下，屍體很多瘀傷，內臟和心都碎了，鼻孔一直滲著血。

平安夜那天，許多歌迷湧到橋畔獻花悼念她。收音機播的不是〈平安夜〉，而是她的歌。那首〈十二月二十四日的情人〉不停地播。

我沒法不去想像傳聞中那個她從橋上跳下去時的優美的弧度。我的偶像，即使要死，也要在空中留下一抹不一樣的彩虹。

我和芝儀沒去橋畔，我怕我會哭。

十二月三十日晚上，大熊打電話給我，問我說：

『你想不想見徐璐最後一面？』

『你說甚麼？她已經死了。』

『星一剛剛打電話來，說他有辦法。要是你和芝儀想看看她的遺容，而你們又不怕的話——』

『星一為甚麼會有辦法？』我吃了一驚。

『徐璐的遺體昨天送去了他們家開的殯儀館。』大熊說。

星一很少提起家裡的事。直到這天晚上，我和大熊才知道，原來他家裡是經營殯葬業的，生意做得很大。他爺爺是殯葬業大亨，只有他爸爸一個兒子。星一的爸爸有兩位太太，星一是小太太生的，但是家裡只有星一一個兒子。所以，星一的爺爺很疼他。

『星一說，要看的話，只能在明天晚上，過了明天就沒辦法安排了。』大熊說。

我在電話裡告訴芝儀。

『我想去。』芝儀說。

除夕那天傍晚，大熊、我和芝儀帶著一束百合花，在約定的地點等星一。星一坐在一輛由司機開的黑色轎車裡準時出現，招手叫我們上車。

在車上，我們都沒說話。我默默望著窗外。

車子直接駛進殯儀館的停車場。下了車，那位眉毛飛揚，樣子兇兇的，十足鬼見愁的司機帶我們走秘密通道來到大樓二樓燈光蒼白的長廊。我一直抓住大熊的手肘。

『鬼見愁』用手機打了一通電話，然後必恭必敬地在星一耳邊說了幾句話。

星一走過來，指了指長廊盡頭的一扇門，跟我和芝儀說：

『徐璐在裡面，你們只能夠逗留五分鐘，否則，麻煩就大了。』

我和芝儀對望了一眼，彼此的嘴唇都有點顫抖。

『花不能留在裡面。』星一提醒手上拿著百合花的芝儀。

芝儀望了望手裡的花，臉上帶著幾分遺憾。

『我和大熊在這裡等你們。』星一說。

我緩緩鬆開了大熊的手。芝儀望著我，她在等我和她一起進去那個房間，看我們的偶像最後一面。

『我不去了。』我很艱難才吐出這幾個字。

他們三個驚訝地看著我，特別是星一，他好像很失望。

『沒時間了。』星一邊看手表邊說。

『芝儀，你去吧。』我對芝儀說。我知道她想去。

芝儀低了低頭，我看得出她沒怪我。她拐著腳，跟著『鬼見愁』朝長廊盡頭那扇白色的門走去，在門後面消失。

我杵在陰冷的長廊上，覺得腳有些軟。星一和大熊在我旁邊小聲說著話。我從布包裡把耳機拿出來戴上，徐璐的歌聲在這個悲傷的時刻陪著我，如許鮮活地，彷彿她還在世上似的。

我沒膽子進去。我怕。很喜歡看關於屍體的書的我，從來就沒見過真正的屍體，也從來沒跟死亡這麼接近過。

我沒忘記那天在麥當勞見到的徐璐。我寧願永遠記著她手指勾住男朋友的褲頭，頭靠在他肩上，幸福快樂的樣子。還有那個把我和大熊牽在一起的『徐璐頭』。

過了一會，芝儀帶著她拿進去的那束百合花，從那個房間出來，緩緩走向我。她不喜歡人家看著她走路，因此我別過頭去。直到她走近，我才把耳機從頭上扯下來，看到了滿臉淚痕、眼睛哭腫了的她。我不進去是對的。

後來，星一用車把我們送回去上車的地點。在車上，我們默默無語，每個人的臉都好像比來時蒼白了一些，芝儀一直低聲啜泣，星一把一包紙巾塞到她手裡。

我們下了車，跟星一揮手說再見。

芝儀上巴士前，把手裡的百合花分給我一半，說：

『這些花看過徐璐。』

我們沒道再見。

我和大熊默默走在回去的路上。

『我膽子是不是很小？』我問大熊。

『我也不敢看。』他說。

我抓住他的胳膊，說：

『你去當飛機師吧。』

『為甚麼？』

『因為我會當空姐，我想跟你一起飛。』

『當飛機師很辛苦的。』

『你不覺得飛機師很酷嗎？』

他搖著頭，說：『別搞我。』

『求求你嘛！你試試幻想一下，要是當上飛機師，夜晚飛行的時候，在三萬呎高空，你只要打開旁邊的窗，就可以伸出手去摸到一顆星。』

『胡說！飛機的窗是打不開的。星星也摸不到。』他說。

『我是說幻想嘛！』我停了一下，看看手裡的花，跟他說：『這束百合花，我們找個地方埋掉好不好？我不敢帶回家。』

『你膽子真小。』

『那麼，你帶回家吧。』

『還是埋掉比較好。』

我們蹲在小公園的花圃裡，把花埋入鬆軟的泥土中。

『要是我死了，我不要躺在剛剛那種地方，太可怕了。』我說。

『我也覺得。』大熊用手把隆起的泥土拍平。

『最好是變作星辰，你開飛機的時候，伸手就可以摸到。』

『飛機的窗是打不開的，星星也摸不到。』他沒好氣地重複一遍。

『不，有一顆星，雖然遠在天邊，但可以用手摸到。』

『甚麼星？』他問，一臉好奇的樣子。

『在這裡，近在眼前。』我說著捉住他的右手，用沾了泥巴的一根指頭在他掌心裡畫了一顆五角星，然後大力戳了一下，說：『行了！我以後都可以摸到。』

大熊望著那隻手的手心，害羞地衝我笑笑。

『你怕不怕死？』我問他。

『我沒想過。』

『那麼，你會不會死？』

『我不知道。』

『有些人很年輕便死。』我說。

『你別說得那麼恐怖。』他縮了一下。

『剛剛是誰說誰膽子小？』我擦掉手裡的泥巴，站起來，張開雙臂，像走平衡木似地，走在離地面幾英呎的花圃的邊緣。

『答應我，你不會死。』我從肩膀往後瞄了瞄已經站起身的大熊。

『好吧。』他說。

『嘿嘿，中計了！』我朝左邊歪了歪，又朝右邊歪了歪，回頭說：『既然不知道自己會不會死，怎麼能夠答應不會死？』

『暫時答應罷了。』他傻氣地聳聳肩。

『你不會死的。』我從花圃上跳下來說。

『為甚麼？』他手背扠著腰，問我說。

我轉身，朝他抬起頭，望著仍然站在花圃上的他說：

『我剛剛在你掌心施了咒。』

『施咒？』他皺了皺眉望著我。

我煞有介事地點點頭，告訴他說：

『我剛剛畫的是一顆「萬壽無疆星」。』

『胡說！嘿嘿！我來了！』他高舉雙手，從花圃上面朝我撲過來。我轉身就跑，邊跑邊說：

『不對，不對，那顆是「長生不老星」！是「不死星」！』

我突然來個急轉身，直直地朝他伸出右手的拳頭，本來在後面追我的他，冷不提防我有此一著，胸口慘烈地撞上我的拳頭，『哇』的一聲叫了出來。

『這是「慘叫一星」。』我歪嘴笑著說。

然而，過了一會，大熊依然按著胸口，拱著背，臉痛苦地扭成一團。

『你怎麼了，還是很痛嗎？』我問他。

『我小時候做過心臟手術。』他聲音虛弱地說。

我嚇得臉都變青了，扶著他，焦急地說：

『你為甚麼不早說？對不起，對不起！』

他緩緩抬起頭，望著幾乎哭出來的我，咯咯地笑出聲。

我噘起嘴瞪著他，覺得嘴唇抖顫，鼻子酸酸地，在殯儀館裡忍著的眼淚，終於在這時簌簌地湧出來，嚇得大熊很內疚。

二○○一年的除夕太暗了，我睡覺的時候一直把床邊的燈亮著。夜很靜，我沒戴耳機，徐璐的歌聲卻彷彿還在我耳邊縈迴，流轉著捨不得逝去。我望著牆上那張因年月而泛黃的地圖，突然想起了一個久已遺忘的人。他的背影已經變得很模糊了。他此刻在甚麼地方？他也已經長大了嗎？

3

壞事一樁接一樁。新年假期結束後的第一天，原本應該來上下午第一節課的『盜墓者』並沒有出現。大家都覺得奇怪。羅拉是從來不遲到、生病也不請假，放學後捨不得走，老是埋怨學校假期太多，認為不應該放暑假的一位鐵人老師。她不會也自殺吧？

大約過了二十分鐘，小矮人神色凝重地走進課室來，只吩咐我們自修，並沒有交代『盜墓者』發生了甚麼事。

第二天，有同學帶了當天的報紙回來，解開了『盜墓者』失蹤之謎。她的照片登在港聞版第四版，耷拉著頭，用她常穿的那件灰色羊毛衫遮著臉，由一名體形是她一倍的女警押著。

報上說，這名三十八歲的女子在一家超市偷竊，當場給便衣保安逮著，從她的皮包裡搜到一堆並沒有付錢的零食，包括『番茄味百力滋』、『金莎』巧克力、『旺旺』脆餅等等。這些都是『盜墓者』平時喜歡請我們吃的。

據那名便衣保安說，『盜墓者』失手被捕的時候沒反抗，只是用英語說了一聲『對不起』。

『她會不會有病？』偷過試題的大熊說。

『她不可能再回來教書了。』未來的殮葬業接班人星一說。

『她不回來，我們的大學試怎麼辦？』一向很崇拜『盜墓者』的芝儀說。

我突然覺得，冷靜的星一跟有時很無情的芝儀應該配成一對才是。

這天來上第一節課的小矮人，走進課室之後一直站在比他高很多的黑板前面，眼光掃過班上每一個人，久久沒說話。終於開口了，他帶點激動地說：

『每個人小時候都崇拜過老師，但是，當你們長大之後，你們會覺得老師很渺小、覺得老師不外如是。是的，跟你們一樣，老師也是人，也有承受不起的壓力，就像我，血壓高、胃酸高、膽固醇更高，這方面，我絕對不是一個小矮人！』

我跟大熊飛快地對望了一眼，連忙低下頭去。天啊！小矮人原來一直知道自己的花名。

小矮人緊握著一雙拳頭，一字一句地說：

『真正的渺小是戴上有色眼鏡去看人。』

望著轉過身去，背朝著我們伸長手臂踮起腳尖寫黑板的小矮人，我突然發覺，小矮人也有很感性和高大的時刻。但是，膽固醇高好像跟教書的壓力無關啊。

星一說得沒錯，『盜墓者』沒有再回來。據說，患有偷竊癖的她，原來一直有看心理醫生。另一位英文老師，洋人『哈利』代替了她。哈利教書比『盜墓者』好，他愛說笑，還會跟我們討論《哈利波特》。然而，我還是有點掛念羅拉。她在教員室裡的那張桌子動都沒動過，還是像她在的時候一樣，學生的作業簿和測驗卷堆得高高的，根本沒有自己的空間。

一個人的花名真的不可以亂改。幸好，大熊只叫大熊，不是叫『大盜』。

4

大學入學試漸漸迫近，我們也慢慢淡忘了『盜墓者』。二〇〇二年三月初的一天，男童院山坡上的樹都長出了新葉。這一天，在大熊男童院的家裡，他負責上網搜集過去幾年的試題，我一邊背書一邊用噴壺替籠子裡的皮皮洗澡。牠看來不太享受，一副勉為其難的樣子，拍著翅膀甩了甩身上的水珠。

我放下手裡的噴壺，打開鳥籠，把皮皮抱出來放在膝蓋上，用一把量尺量了一下牠的長度。

『還是只得二十七公分長，兩年了，牠一點都沒長大。』我順著皮皮的羽毛說。

大熊沒接腔，我轉過頭去，發現他不是在搜集試題，而是在網上打機。

『你在幹甚麼？』我朝他吼道。

『玩一會沒關係。』他眼睛盯著電腦屏幕，正在玩槍戰。

『不行。』我走過去把遊戲關掉，說：『別再玩了，我們還要溫書啊。』

這時，樓下有人喊他。

大熊走到窗邊，打開窗往下看。我抱著皮皮站在他後面，看到幾個院童在下面叫他，他們其中一個手上拍著籃球。

『大熊哥，我們缺一個人比賽。』

大熊是甚麼時候變成大熊哥的？

『我馬上來。』大熊轉身想走。

『不准去！』我抓住他一條手臂說。

『我很快回來。』他像泥鰍般從我手上溜走，飛也似的奔下樓梯去。

我回身，從窗口看到他會合了那夥男生，幾個人勾肩搭背的朝球場那邊走去。

『唉，這個人好像一點都不擔心考不上大學。』我跟皮皮說，皮皮嘎嘎叫了兩聲，就像是附和我似的。

我把皮皮放回籠子裡去，抓了一把瓜子餵牠。皮皮沒吃瓜子，拍著翅膀，很想出來的樣子。大熊以前會由得牠在屋裡飛。

『對不起，皮皮，你要習慣一下籠子。要是我放你出來，你一定會飛出去看看這個世界。你知道外面有很多麻鷹嗎？麻鷹最愛吃你這種像雪一樣白的葵花鸚鵡。』

皮皮收起翅膀，咬了咬我的手指，好像聽得懂我的話，渾然忘了自己是一隻聾的鸚鵡。

『你是不是從新幾內亞來的？』我問皮皮，『我床邊有一張世界地圖，很大很大的！』我張開兩條手臂比著說，『新幾內亞的標記，就是一隻葵花鸚鵡。』

我邊餵皮皮吃瓜子邊說：

『你知道我為甚麼會有那張地圖嗎？秘密！是個連你主人都不知道的秘密。既然你是聾子，告訴你應該很安全吧？』

皮皮那雙小眼睛懂事地眨了眨，好像聽得明白。牠到底是根本沒聾，還是牠生下來就是一副好像在聽別人說話的樣子？

我摸了摸牠的頭，然後回到電腦桌上繼續搜尋過去幾年的試題。二〇〇一、二〇〇〇、一九九九……我看看手表，兩個鐘頭過去了，大熊竟然還沒有回來。我望著電腦屏幕，心裡愈想愈氣，拎起我的布包衝到下面球場去找他。

大熊還在那兒打球，我憋著一肚子氣在場邊站了很久，他都沒發覺我。

『大熊哥，你女朋友找你！』一個腳毛很多的男生終於看到我。

玩得滿頭大汗的大熊停了下來，不敢直視我的眼睛。

『大熊哥，你女朋友很正點！』一個滿臉青春痘的男生吹著口哨說。

我繃著臉，交叉雙臂盯著大熊。

『你女朋友生氣了，快去陪她吧。』一個矮得實在不該打籃球的男生，伸長手臂搭著大熊說。

『女生都很煩，我千方百計進來這裡，就是為了避開她們。』那個剛剛邊打球邊拿梳子梳頭的男生，自以為很幽默的說。

接著是一串爆笑聲，大夥兒互相推來推去。那個腳毛很多的男生用籃球頂了頂大熊的肚子，笑得全身顫抖，腳毛肯定掉了不少。大熊夾在他們中間，只懂尷尬地陪笑。

我覺得自己好像抱了一座活火山，一張臉燒得發燙，鼻孔都快要冒煙了。我一句話也沒說，掉頭就走。

『大熊哥，還不快去追！』

『大熊哥，你這次死定了！』

『大熊哥！不用怕！』

那夥男生在後面七嘴八舌的起鬨，我鼓著腮，大踏步走出男童院的側門。我的臉一定非常黑，因為門口的警衛看到我時，好像給我嚇著，連忙替我開門。

我氣沖沖走出去，踩扁了一個剛從樹上掉下來的紅色漿果。

『維妮！你去哪兒？』大熊追了出來，有點結巴地說。

我直盯著他，一口氣地吼道：『討厭啊你！你說很快回來，結果打了兩個鐘頭還沒完。每天只有二十四小時，你用了兩個鐘頭打球，兩個鐘頭打機，你比別人睡得多，每天要睡十個鐘頭，吃飯洗澡加起來要用一個半鐘頭。你每天還剩多少時間溫習？只有八個半鐘頭！』

大熊怔了一下，咧嘴笑著說：『你的算術為甚麼突然進步那麼多？』

『別以為我會笑！我絕對不笑！』我咬著唇瞪著他，拚命憋住笑，卻很沒用地笑了出來。

我不知道這算不算是我和大熊第一次吵架，因為好像只有我一個人生了一肚子氣，並沒有吵得成。然而，這一幕還是一直留在我記憶裡，每次想起也會笑。那天，我頭一次發現，雖然我也曾對別人生氣，卻從來沒有對大熊生起氣來的那種親密感。

原來，惟有那種親密感最會折磨人。

5

四月底，大學入學試開始了。我房間的書桌上放滿了用來提神的罐裝咖啡和各種各樣的零食。

考第一科的前一天晚上，十點鐘左右，我打電話給大熊，他竟然已經上了床睡覺。

『你書溫完了嗎？』我問大熊。

『你沒聽過短期記憶嗎？愈遲溫習，記得愈牢。』他打著呵欠說。

『明天就考試了，今天晚上還不算短期記憶嗎？』我邊吃巧克力邊說。

『我打算明天早一點起床溫習，那麼，看到試卷時，還很記得。』

『你可以早點起床再說吧。』我啜了一口咖啡。

不知道是不是巧克力和薯片吃得太多的緣故，雖然喝了三罐咖啡，半夜兩點鐘，給睡魔打敗的我，終於溜到床上去。當我懷著無限內疚給床邊的鬧鐘吵醒時，已經是早上七點鐘了。

『起床了！』我打電話給大熊，朝電話筒大喊。不出我所料，他還沒起床。

『聾子都聽到，我又不是皮皮。』他半睡半醒地說。

『皮皮不用考試，但是你要。』我一邊說一邊伸手出窗外，雨點啪答啪答的打在我掌心裡，幾朵烏雲聚攏在一起，看來將會有一場大雷雨。

『別遲到。』我叮囑大熊。

狂風暴雨很快就來了，當我趕到試場時，渾身濕淋淋，腳下的球鞋都可以擰出水來。大熊在另一個試場，我打他的手機，問他：

『你那邊的情形怎樣？』

『在外面等著進去。』

『我也是。我的鞋子都可以擰出水來了，你呢？』我一邊拍掉身上的雨水一邊說。

『我沒事。』他回答。

『你坐計程車到門口嗎？』我奇怪。

『我鞋子在家裡，當然沒事。』他輕鬆地說。

『你鞋子在家裡？』我怔了怔。

『我穿了拖鞋出來。』他說。

『你竟然穿拖鞋進試場？』

『這麼大雨，只好穿短褲和拖鞋出門了。不過——』

『不過甚麼？』

『剛剛擠地鐵時丟了一隻，沒時間回頭找。』

『那怎麼辦？』

『沒關係吧？考試又不是考拖鞋。』

這個人真拿他沒辦法，我幾乎已經猜到，他一定也沒帶雨傘。

『帶雨傘很麻煩，會忘記拿，用報紙就可以了。』他常常說。

『報紙？不是那些幾十歲的大叔才會做這種事嗎？』我第一次聽到時，難以置信地望著他。

『反正有甚麼就用甚麼吧。』他瀟灑地說。

這時，試場的大門打開了。我關掉手機進去。找到自己的座位坐下來之後，我索性把濕淋淋的球鞋和襪子脫掉，擱在桌子底下，光著腳考試，想著只穿著一隻拖鞋的大熊也正在奮鬥。

那天稍後，我跟大熊用ＩＣＱ通話。

『？』我的問題。

『:-)』他的答案。

『？』他的問題。

『:)』我的答案。

『@…∞…』離開ＩＣＱ之前，我送他一朵玫瑰花。

每考完一科，我們回家之後會用這種無字的ＩＣＱ看看對方今天考得好不好。大熊從來不曾回我一朵網上玫瑰，彷彿他認為玫瑰花只是我愛用的符號，用來代替『再見』。

我們都沒想到，後來有一天，玫瑰也代表了離別。

6

徐璐唱過一首歌，歌的名字是〈時光小鳥〉，中間有一段，她用如歌的聲音獨白：

十五歲的時候
時間是花蝴蝶
翩翩起舞，就在眼底
二十歲的時候
時間是小翠鳥
偶爾停留　棲在枝頭
二十五歲的時候
時間是小夜鶯
當你聽到林中的歌聲
只看到牠遠飛的雙翼

三十歲的時候啊
時間嘛是禿鷹
牠無情的眼睛俯視你
你在那兒看到了殘忍

那時候的我，只能夠明白二十歲的小翠鳥。等待放榜的時間又是甚麼？也許是鸚鵡皮皮吧？因為是聾子，所以聽不到時間飄飄飛落的聲音。

放榜的那天一晃眼就到了。

大清早，班上的同學齊集在課室裡。當小矮人拿著我們的成績單走進來，大家都不禁屏息。

先是芝儀出去領成績單，她本來一直繃緊著，然後漸漸放鬆，露出燦然微笑的一張臉，說明了一切。一隻手插著褲袋的星一，繼幾年前那張驚人的減肥成績單之後，再下一城。他望著我們，臉上浮出一個淡淡的微笑。

輪到大熊了，星一使勁地拍了拍他的肩膀替他打氣。他從小矮人手上接過成績單之後，朝我扮了個鬼臉。這是我們事前約定的暗號。鬼臉代表過關了。我大大鬆了一口氣。

當他把成績單遞給我看時，我簡直吃了一驚。他考得很好，第一志願電腦系應該沒問題。

只剩下我了。當小矮人叫我的名字，我覺得好像呼吸不過來似的。我站起身，大力吸了一口氣，然後才走出去。快要走到小矮人面前的時候，我突然發現小矮人看我的目光有點跟平時不一樣。他那張臉一向只會掛著『我不覺得人生很有趣！』和『你看不出我是沒有幽默感的嗎？』兩種表情。然而，這一刻，他的目光裡卻帶著一點可惜，我的心情當場就變了。

那真是屬於我的成績單嗎？我握在手裡，壓根兒不相信是我的。怎可能這麼糟糕？完了！我不會跟大熊一起上大學。

我垂下眼睛，瞥了大熊一眼，他等著我扮鬼臉。我多麼渴望我可以，可是我不能夠。

我默默回到座位上，低著頭，覺得雙腳好像碰不到地，身邊的一切都消逝了。

大熊從我無力的雙手裡拿過那張成績單來看。

『求求你，甚麼也別說。』我低聲說著，眼睛沒望他。害怕只要看到他，我的眼淚便會迸射而出。

我的眼睛投向小矮人那邊，卑鄙地搜尋那些跟我一樣的失敗者，有些人拿了成績單之後，當場就哭得死去活來。終於，所有成績單都派完了。小矮人說了一些話，我一句也沒聽進去。勝者安慰敗者，那些痛哭的同學身邊，總有一個或者幾個朋友，擠出一張苦哈哈的臉來，對他們說些安慰的說話。我不願意接受那種虛假的感情，成為那個受恩惠的弱者。我假裝上洗手間，然後溜掉。

我在街上茫然晃到天黑，身上的手機響了很多次，是大熊打來的，也有媽媽打來的，我都沒接。他們的短訊，我沒看就刪掉。

沒有路可以走了，我只好回家去。

當我經過我和大熊常去的那個小公園時，看到了坐在鞦韆上，茫然地等著的他。我沒停下。

大熊看見了我，連忙走上來。額上掛滿汗水的他問我：

『你到哪兒去了？』

『恭喜你。』我苦澀地瞥了他一眼。

大熊走在我身旁，默然無語，好像是他做了甚麼錯事似的。我望著前面幾英呎的水泥地，回家的路，我走過很多遍，今天晚上，這條路卻特別難走，特別灰暗。

我終於回到家裡，掏出鑰匙，乏力地把門打開。

『再見了。』我說，然後關上門，把大熊留在外面。

屋裡亮著燈，坐在沙發裡的媽媽看見我回來，好像放下了心頭的重擔，朝我微微一笑。她大概已經猜到了。

『這次不行，下次再努力不就可以了嗎？』她柔聲安慰我。

我甚麼也沒說，匆匆躲進睡房裡，把門鎖上，癱散在床上，眼睛呆呆地望著天花板。

我累了，很想睡覺。

7

我一直睡到隔天下午才醒來，下了床，打開門，走出客廳。屋裡沒有人。我在廚房的流理台上發現罩著蓋子的新鮮飯菜和一袋麵包。我沒碰那些飯菜，打開膠袋，拿了兩個圓麵包，沒味道地吃著，喝了一杯水，然後回到睡房去，鎖上門，拉上窗簾，照原樣躺在床上，又再睡覺。

半夜裡我醒來，光著腳摸黑走到廚房，吃了一個麵包，再回到床上，還是動也不動的躺著。

第二天黃昏，我大字形躺在床上，望著天花板發呆。家裡的電話響起來，我的手機早就關掉了，電郵不看，電話也不接。媽媽在外面接了那個電話，過了一會，她敲敲我的房門，在外面說：

『是大熊找你。』

『說我已經睡了。』我有氣無力地說，眼睛沒離開過天花板。

又過了三天，我大部分時間都是像死屍般癱在床上，偶爾離開房間，只是為了上個廁所，或是到廚房去，看到甚麼便吃甚麼，然後儘快回到睡房裡，重又癱在床上，定定地看著漆黑一片的天花板。

到了第六天，我去廚房喝了一杯白開水之後，沒有回到睡房。我在客廳那張寬沙發躺了下來，叉開雙腳，抱著抱枕，用遙控器開電視，眼睛望著螢光幕發楞，就這樣躺了大半天。當我聽到媽媽轉動鑰匙開門的聲音，我起來，裸著腳回到自己窗簾緊閉的昏暗房間裡，沒希望地坐在床邊，直到累了就躺下去。

接下來的十多天，當媽媽出去了，我才會離開房間，軟癱在沙發上，一動不動地望著電視畫面，偶然看到好笑的情節也會笑笑。只要聽到媽媽回來的聲音，我便會離開沙發，回去睡房，倒臥在床上，甚麼也不做。

一天夜晚，我人癱在沙發上，一條手臂和一條腿懸在沙發外面，直直地望著電視畫面發獃。這時，我旁邊的電話響起，鈴聲一直沒停。我瞥了瞥來電顯示，是大熊。

我緩緩拿起電話筒，『唔』了一聲，低微到幾乎聽不見。

『維妮，你沒事吧？』大熊在電話那一頭問我。

『唔……』我低低地應了一聲。

『……』那邊一陣沉默。

『嗄嗄，嗄嗄……』遠處的聲音。大熊接著說：『是皮皮在叫。』

『唔……』我鼻子呼氣，眼睛依然呆望著電視畫面。

『你在睡覺？』

『唔……』我機械般應著。

『那我明天再找你好了。』

『唔……』我恍恍惚惚地放下電話筒，依舊如死屍般躺著，一點感覺也沒有。

我不想見任何人，連大熊也不例外。

隔天，大熊再打來，我懶懶地躺在床上，沒接那個電話。不管鈴聲多麼固執地響著，我只覺得那是遙遠的、跟我無關的聲音，就像西伯利亞的風聲，進不了我的雙耳。

媽媽在家的話，她會接那些電話。我不知道她跟電話那一頭的人咕噥些甚麼，也不想知道。一向不愛下廚的她，每天都做些新鮮的飯菜，留在廚房裡給我，又寫了許多字條放在一旁安慰我。那些字條，我只瞥一眼，飯菜也只是隨便吃一些。我變成屋裡的一個魅影，一天可以睡十八個鐘頭，餘下的六個鐘頭發獃，無助的感覺成了唯一的感覺。

漸漸地，大熊的電話沒有再打來。電話停止打來的那天，我睡了二十個鐘頭，無助感再一次把我淹沒。

然後有一天，我躺在客廳那張寬沙發上，電視正在播新聞，報導說，全球航空業正面臨不景氣，各大航空公司相繼大幅裁員。電視畫面上出現幾個穿紅色制服的空服員，她們正拖著行李進入機場檢查站。我想起我的夢想。那個空服員的夢也徹底完了。

不久之後的一個傍晚，我在廚房吃了幾條菜，然後癱在沙發上，看到一段關於某大學迎新營的新聞，報導說，玩新生的遊戲因為帶色情成分而遭人投訴。大學原來已經開學了。大熊、芝儀，還有星一，都已經成為大學生了吧？我突然想起徐璐那段關於時間的獨白，不管是花蝴蝶、小翠鳥、夜鶯或是禿鷹，都有一雙翅膀。然而，我的時間、我的十九歲，卻是落翅的小鳥。

我從沙發上坐起來，把牛仔褲和汗衫穿在睡衣外面，戴上一頂鴨舌帽。兩個多月以來，我頭一次離家外出。我把帽子拉得低低的，不讓別人看到我的臉，也不想看到別人的臉。

我走到『貓毛書店』，租了《哈利波特》第二集，然後直接回家，躲進睡房，頭埋書裡，掉進哈利、榮恩和妙麗的巫術世界，想像自己也有一件隱形斗篷，那便不會有人看到我。

『貓毛書店』成了我唯一肯去的地方。我總是挑夜晚去，看不到日頭，也不容易碰到人。我租的都是魔幻小說、推理小說和武俠小說，以前愛看的那些研究屍體的書，並沒有再看。我已經成為屍體了，不用再找些跟自己相似的東西。

有些書，我看了頭幾集，後面那幾集給人租了，我便會蹲坐在『貓毛書店』的小凳子上，呆呆地等著別人來還書，也許一等就是幾個鐘頭，不一定會等到。有時候，那隻大白貓『白髮魔女』會趴在書堆裡，盯著我看，好像我是個怪物似的，說不定連牠都嗅到我身上那股失敗者的氣味。

『手套小姐』常常躲在櫃台後面的一個房間裡，有客人租書或是還書的時候才會走出來。她只會跟我說最低限度的說話，比方是『這本書租出去了』、『關門了』。正因為她話說得少，我才願意獃在那兒。

我看書有時看到三更半夜，白天睡覺，反正我沒有甚麼事情可以做。我甚至連夢都很少做了。我想起小時聽過的那個故事：人睡著之後，靈魂會離開身體到夢星球那棵怪樹上做夢，要是睡著的那個人給人塗花了臉，他的靈魂便會認不出他，回不了來。於是，有一天晚上，我把一本看到一半、封面是一個恐怖鬼面具的書蓋在臉上睡覺。隔天醒來，甚麼事也沒發生。

然後有一天，當我低著頭，呆呆坐在『貓毛書店』的小凳子上等著別人來還書的時候，我突然發現一雙熟悉的腿站在我面前。

我沒抬頭，想躲又沒處躲。

『維妮！』那把聲音帶著無限驚喜。

我抬了抬眼睛，剛下班的媽媽，身上還穿著制服，手裡拿著從市場裡買回來的菜，咧嘴朝我微笑，好像很高興看到我終於肯外出。我垂下眼睛，抿著嘴唇，甚麼也沒說。

『既然你出來了，今天晚上不要做飯了，我們出去吃吧！』她一邊說一邊把我從小凳子上拉起來，招了一輛計程車，然後把我推上車。

我哪裡都不想去，但我沒反抗，靜靜地坐在車廂裡。我是連反抗都不願意。

『本來買了燒鴨呢，還有冬瓜和豆腐，不過，明天再吃沒關係吧？』她在我身邊說，期待我的回答，但我沒接腔。

在車上，她臨時改變了主意，決定去卡拉。

『可以一邊唱歌一邊吃飯呢。』她笑笑說，又瞥了我一眼，我依舊不說話。

車停了，我們下了車，走進一家卡拉。我還是頭一次看到有人自備冬瓜、豆腐和燒鴨去卡拉。

媽媽要了一個房間，牽著我的手進去，生怕我會逃走似的。

『你想吃甚麼？』她一邊看菜單一邊問我。

我眼睛沒望她，微微聳聳肩。

她替我點了一客魚卵壽司。

我默默地坐著，望著電視畫面發呆，不打算唱歌。看見我那樣的媽媽，並沒有洩氣，自己挑歌自己唱，唱的都是徐璐的歌。

從來沒有跟她去過卡拉的我，直到這個晚上，才知道她歌唱得那麼好。我也從不知道，原來她喜歡徐璐，很熟徐璐的歌。

徐璐在電視畫面上出現，好像還活著似的。我很害怕媽媽要跟我說教，或是說一堆安慰的說話，我最不想聽的就是這些。

但她只是唱著歌，甚麼也沒說。

也許，她只想要陪在我身邊。

夜深了，我們回到家裡。她一邊把燒鴨放進冰箱裡一邊問我說：

『明天做燒鴨沙拉給你吃好嗎？』

我望著她蹲在冰箱前面的背影，想說些甚麼，終究還是沒說話。這時，她朝我回過頭來，又問我：

『還是你想吃鴨腿麵？我前幾天在食譜上看過，很容易做。』

『就吃麵吧。』我終於開口說。

她看著我，眼裡漾著微笑，說：

『那麼，我們明天吃麵吧。』

我點了點頭，望著她又轉回去的背影，心裡突然有些感動。

『你唱歌挺好聽，我去睡了。』我說，然後，回到睡房，臉抵住布娃娃，躺在床上。

有那麼一刻，我明白自己該振作起來，可是，卻好像還是欠了一點力量。

8

直到一天，像平日一樣，我頭上戴著拉得低低的鴨舌帽，到『貓毛書店』還書。

『白髮魔女』屁股朝書店大門趴著，我發現牠的尾巴擺成『C』形。我的心縮了一下，像做了虧心事似的，帽簷下的眼睛四處看。但是，書店裡只有『手套小姐』一個人。書店對面我和大熊以前常去的小公園也沒有人。我把書丟在櫃台，拿了要租的書，付錢之後匆匆回家去。

『白髮魔女』的尾巴只是碰巧擺成『C』形吧？又或者是有個人像大熊一樣，喜歡拿貓的尾巴開玩笑。

然而，接下來許多天，當我踏進『貓毛書店』，那個貓尾擺成的『C』字都清晰地呈現在我眼前。除了『手套小姐』，店裡並沒有其他人。瞧她那個低著頭專心看書的樣子，這件事不像是她做的。

『是貓自己喜歡這樣吧？』我在心裡嘀咕。

不管怎樣，我決定以後不再去『貓毛書店』。

十一月中的那天，是我最後一次去還書。我故意等到書店差不多關門的時候才去。我把書揣在懷裡，頭上的鴨舌帽低得幾乎蓋著眼睛，只看到前面幾英呎的路。我不走在人行道中間，而是靠邊走，不時偷瞄後面有沒有人跟蹤。

終於到了書店，我的心跳好像也變快了。『白髮魔女』平日喜歡趴的那個位置，只留下幾個梅花形的貓掌印和幾條貓毛。

我心頭一驚，抬起眼睛四處搜尋牠。發現牠屁股朝我趴在櫃台上，尾巴擺成一個完美的『C』形。

四下無人，我匆匆把書丟在櫃台，轉頭想走。就在這時，『手套小姐』從櫃台後面那個門半掩著的房間走出來。

『要進來看看嗎？』她突然衝我說。

我不知所措地杵在那兒，帽簷下的一雙眼睛隔著額前的劉海瞥了瞥她。

『過來吧。』她朝我甩了一下頭，好像命令般，根本不讓我拒絕。

我只好繞過櫃台，跟著她進去那個神秘的房間。直到如今，我還記得房間裡的一切在我抬不起頭的那段日子，給了我多麼大的震撼。

那個狹長的房間根本就是小型的布娃娃博物館，兩旁的木架上整齊地排列著可愛的布娃娃，至少有幾百個。她們交叉雙腿，緊挨著彼此，悠閒地坐著。

這些布娃娃像手抱嬰兒般大小，全都有一張圓臉、一雙圓眼睛、扁鼻子和向上彎的大嘴巴，毛線編成的頭髮跟『手套小姐』一樣是肩上劉海，就像把一個大海碗反過來覆在頭上剪成似的。頭髮的顏色可多了，有金的、銀的、鮮紅的、粉紅的、綠的、紫的、橘色的，頭頂都別著一雙小手套，金髮配紅手套、綠髮配黃手套，紫髮配綠手套……

布娃娃身上的衣服也很講究，全是時髦潮流的款式、有傘裙、晚裝、民族服、芭蕾舞衣，雪紡、迷彩、繡花，甚至連瑜伽服也有。

房間的盡頭有一部縫紉機，木造的工作枱上散滿了碎布、時裝雜誌和外國的布娃娃專書，還有一台電腦。

『過來這邊看看。』『手套小姐』依然用命令的口吻說。

看得傻了眼的我，挪到她身旁。她登上一個網頁，那是她做的『手套娃娃網頁』，我這才知道，原來『手套小姐』是布娃娃大師，在網上發售她做的布娃娃。她的顧客來自世界各地。有些顧客抱著布娃娃拍照，傳送回來給她，還在電郵裡稱讚她的手工。一個穿金色蕾絲晚裝的布娃娃在金碧輝煌的皇宮裡留影，原來買它的是蘇丹一位王妃。

『手套小姐』邊興致勃勃地移動滑鼠邊告訴我：

『讀書的時候成績不好，成天做白日夢。只愛看課堂以外的書，根本就不是讀書的材料，所以只能勉強完成中學，然後接手了舅舅這家租書店。這種工作最適合性格孤僻的我。幾年前偶然看到一本教人做布娃娃的書。我想：「我可以做得比這個好！」於是做了第一個布娃娃。』

她抬起眼睛瞄了瞄我。我沒說話。

『考試失敗了吧？』她突然問我。

她怎麼會知道？

『瞧你那副喪家狗的樣子，誰都看得出來。』

她說話就不可以婉轉一點嗎？

『那個男生是你男朋友吧？』她又問，眼睛卻望著電腦屏幕。

我怔了一下。

『呃？』我應了一聲。

『那個喜歡把貓的尾巴擺成「C」形的無聊分子！』她啐了一口。

她眼睛沒離開電腦，欣賞著那些她放到網上的布娃娃，彷彿怎麼看也不會厭。

『這個人把你看過的書都租回去看。好像知道你甚麼時候會來，在你來之前就溜掉。』

果然是大熊做的。

『那麼無聊的人，你跟他分手了吧？』『手套小姐』直接問。

『呃？』我不知道怎樣回答。

『那個人既無聊又吊兒郎當，還是個大笨蛋，讀中學時竟然幫著沒用的朋友偷試題，給學校開除也活該！』

她又是怎麼知道的？而且，她口裡雖然一直罵著大熊，語氣卻好像打從心底裡欣賞他。

『那個沒用的傢伙是我姊姊的兒子，聽說從小就很難教，從男童院出來之後，好像改變了很多。去年，我那個十多歲就在外面過著放任生活的姊姊死了，臨死前把他丟給我媽媽。他上星期拿東西過來給我，在這兒碰到你男朋友。兩個人久別重逢，眼淚鼻涕流了一大把。那個傢伙今年也考上大學了，連那種人都可以進大學，別說你不行！』

『手套小姐』眼睛始終沒離開過電腦屏幕，似乎是怕我難堪，所以沒望我。

我的頭卻只有垂得更低。

然後，她離開那個工作枱，在木架上拿了一個黑髮、頭上別著玫瑰紅手套，穿著綠色圖案汗衫、牛仔短裙和繫帶花布鞋的布娃娃，塞到我手裡，說：

『拿去吧！』

『呃？』我沒想到她會送我一個手套娃娃。

『不是送的。那個無聊分子已經付了錢，說這個特別像你。我那個外甥還幫著他殺價，竟說甚麼連學生哥的錢都賺就太沒人性了！』她一口氣地說完。

我望著手上的布娃娃發呆。

『出去！出去！』『手套小姐』邊把我趕走邊說，『我要關門了！考上大學之前別再來租書！』

我給她趕出書店，背後的捲閘隨即落下。我杵在書店外面，茫然拎著那個布娃娃。從放榜那天開始，覺得自己被世界遺棄了，心深不忿，成了隱閉少女的我，突然好像找回了一些感覺。

我看著書店對街朦朧月色下的小公園，我曾在那兒忐忑地等著大熊、渴望他答錯雞和蛋的問題。我們在那兒吃著後來沒機會面世的兩種乳酪蛋糕，把可樂冰在噴泉水裡。我們曾在那兒一起溫習，也曾一起埋掉給徐璐送行的白花。

大熊為甚麼不肯像這個世界一樣，放棄沒用的我？

我跑過馬路，走進電話亭，拎起話筒，按下大熊的電話號碼。

『喂——』電話那一頭傳來大熊熟悉又久違了的聲音。

那個瞬間，滔滔的思念淹沒了我。我像個遇溺的人，拚命掙扎著浮出水面，大口地吸氣，顫抖著聲音說：

『現在見面吧！』

9

我跟大熊說好了在小公園見面。

『我現在過來。』他愉悅的聲音回答說。

然後，我放下話筒，走出電話亭，坐到公園的鞦韆上等著，把大熊送我的布娃娃抱在懷裡。

黑髮布娃娃那張開懷的笑臉好像在說：

『沒甚麼大不了嘛！』

她頭頂那雙玫瑰紅手套是用小羊皮做的，手指的部分做得很仔細，手腕那部分用了暗紅色的絲絨勾織而成，再纏上一條粉紅色絲帶。然後，兩隻手套一前一後，手指朝天的用一個髮夾別在頭上，看上去就像是頭髮裡開出兩朵手套花，真的比任何頭飾都要漂亮。

外表木訥，除了會把手套戴在頭上之外，看來就像個平凡的中年女人的『手套小姐』，原來也有自己的夢想，並不想無聲無息地過一生。

誰也沒想到，平平無奇的租書店裡面，隱藏著一個布娃娃夢工場。我隱藏的卻是自卑和絕望，這些東西並不會成為夢想。

我滿懷忐忑和盼望，看著小公園的入口。終於，我看到一個再也熟悉不過的身影從遠處朝這邊走來，先是走得很快，然後微微慢了下來。

我從鞦韆上緩緩站起來，看著朦朧月色朦朧路燈下那張隔別了整整三個月的臉。大熊來到我面前，投給我一個微笑，微笑裡帶著些許緊張，也帶著些許靦腆，搜索枯腸，還是找不到開場白。

我躲起來的日子，大熊好像急著長大似的，剛剛理過的頭髮很好看，身上罩著汗衫和牛仔褲，一邊肩膀上甩著一個簇新的背包，最外面的一層可以用來放手提電腦，腳上的球鞋也是新的。他看上去已經是個大學生了，過著新的大學生活。

我們相隔咫尺，彼此都抿著嘴唇，無言對望，時而低下眼睛，然後又把目光尷尬地轉回來。這樣相見的時候，該說些甚麼？對於只有初戀經驗的我倆，都是不拿手的事情。

『為甚麼？』我終於開了口，低低地說。

大熊眼睛睜大了一些，看著我，猜不透我話裡的意思。

『我問你為甚麼！』我瞪著他，朝他吼道：『租書店是我唯一還肯去的地方！我以後都不可以再去了！你為甚麼要在我背後做這些事情？你覺得這樣很好玩嗎？』

他怔在那兒，百詞莫辯的樣子。

淚水在我眼裡滾動，我吼得更大聲：

『你以為你很了解我嗎？你一點都不了解！你怎會了解每天除了睡覺之外還是只有睡覺的生活！你怎會了解那種害怕自己永遠都再也爬不起來的滋味！太不公平了！我比你勤力！我比你用功！為甚麼可以讀大學的是你不是我！』

大熊吃驚地看著我，半晌之後，他帶著歉意說：

『你別這樣，你只是一時失手。』

『都是因為你！都是因為你！因為跟你一起，所以成績才會退步！才會考不上大學！』我激動顫抖的聲音吼喊。

可憐的大熊面對瘋了似的我，想說話，卻也不知道說些甚麼，只好杵在那兒。

淚水溢出了我的雙眼，我別開頭，咬住下唇，拚命忍淚。

『再考一次吧！你一定可以的。』大熊試著安慰我。

我眼睛直直望著他，忍著的淚水漸漸乾了，繃緊的喉嚨緩緩吐出一句話：

『分手吧！以後都不要再見了！』

大熊失望又窘迫地看著我，剛剛見面那一刻臉上明亮的神情消逝了，完全不知道該怎麼回應我。

我快忍不住了，心裡一陣酸楚，撇下大熊，頭也不回地跑出那個小公園。

回家的路上，我大口大口地吸著氣，死命忍著眼淚，卻還是抽抽噎噎地哭了起來，哭得全身抖顫。

徐璐生前做過一篇訪問。她告訴那位記者，她的初戀發生在她唸初中一年級的時候。

『學期結束時，我跟他分手了。』她說。

因為，成績不好的她要留班，那個成績很好的男生卻升班了。

『分手吧！』徐璐跟那個男生說。

當時那個男生傷心又不解地說：

『我升班又不是我的錯。』

然而，徐璐那時卻認為，那個男生不該丟下她，自己一個人升班。要是他真的那麼喜歡她，他該設法陪她留班。

幾年後，那個男生到外國升學去了，她一直沒忘記他。分手的那段日子，她天天躲在家裡哭，那畢竟是她的初戀。

『現在想起來，覺得那時的想法很傻。不過，這就是青春吧！』徐璐說。

我捏緊懷裡的布娃娃，不斷用手擦眼淚。大熊是我最喜歡的人了，我卻還是傷害了他。是氣他丟下我？是妒忌他可以唸大學？還是害怕過著新生活的他早晚會離開我？從放榜那天開始，本來兩個頭一直挨在一起的我們，從此隔著永不可及的距離。他在那一頭，我在這一頭。再過一些年月，那一頭的他，會忘掉這一頭的我，愛上那些跟他一樣棒的女生。

三年後，他大學畢業禮的那天，假使有人問起他的初戀，他或者會說：

『要是她今天也在這裡，我們就不會分手。』

他永遠不會知道，在大學的門檻外面，停留過一隻落翅的小鳥。那道跨不過去的大門，埋葬了她的初戀。

我滿臉淚痕，走著走著，終於回到我的避難所我的家。我倒在床上，抱著布娃娃嗚咽，淚水沾濕了我的臉，也沾濕了它的臉。我哭著哭著睡著了。

天剛亮時我醒來，睜開眼皮腫脹的雙眼，望著灰濛濛的天花板。明天睡醒之後我還是繼續睡覺嗎？我便是這樣過一生嗎？

我不可以這樣！突然之間，我像活跳屍般從床上彈了起來。

三個月來頭一次，我打開窗，坐到書桌前面，亮起了像吊鐘花的檯燈，從抽屜裡拿出一疊筆記，認真地溫習起來。

再見了！大熊。我要再考一次大學。

我揉揉眼睛，望著窗外，清晨的藍色微光驅走了夜的幽暗，街上的一切漸漸顯出了輪廓，我伸了個大懶腰，深深吸了一口氣，那口氣有如大夢初醒。

大熊，失敗是我不拿手的。然而，要是有天你想起我，我希望你想起的，不是那個脆弱自憐的我，而是那個跌倒又爬起來的我。我會找回我掉落的一雙翅膀，再一次飛翔。也許我還是會墜下來，但我飛過。

第四章

除夕之約

1

決定了自修再考大學入學試之後，我早睡早起，每天跟著自己編的一張時間表溫習。每次電話響的時候，我都會心頭一震。然而，大熊一次也沒打來。

媽媽看到我突如其來的改變，大大鬆了一口氣。一天，她走進我的房間，坐在床緣，跟正在讀筆記的我說：『那陣子很擔心你，怕你會瘋掉，所以不敢刺激你，你喜歡做甚麼都由得你，只要你不發神經、不自殺就好了。唸不唸大學，真的沒關係。』

我抬起眼睛，瞥了她一、兩眼，說：『你怎知道我現在不是瘋了？』

她沒好氣地瞄了瞄我。發現床上的布娃娃時，她緊緊抱著，說：『好可愛！給我可以嗎？』

『不行！』我連忙把布娃娃從她那裡搶回來。

『你才沒瘋！』她笑笑說，又問：『甚麼時候再去唱卡拉？』

『我才不要跟你去，你一整晚都霸佔著那個麥克風！』我說。

『是你不肯唱，我才會一個人唱啊！真沒良心！』她一邊走出房間一邊問我：『我去租書，要不要幫你租？』

我搖了搖頭，我已經沒去『貓毛書店』了。媽媽出去之後，我打了一通電話給芝儀。我隱閉的那段日子，她找過我幾次，我電話沒接。

『太好了！出來見面吧！』她在電話那一頭興奮地說。

十二月底的一個星期六，我們在『十三貓』見面。

幾個月沒見，芝儀的頭髮長了許多，在腦後束成一條馬尾。她身上穿著粉紅色毛衣和碎花長裙，看上去很清麗，比起穿著圖案汗衫和迷彩褲的我，委實成熟多了。她住進了大學宿舍。法律系的功課忙得很，她很少出來。

我們每人點了一客『貓不理布丁』，這布丁用了黑芝麻來做。

吃布丁的時候，芝儀問我：『大熊呢？他最近怎麼樣？』

『我們分手了。』我說。

『為甚麼？』芝儀驚訝地朝我看。

我把那天在小公園的事告訴她。

聽完之後，芝儀說：『他很好啊！為甚麼要跟他分手呢？當初不是你首先喜歡人家的嗎？』

『說不定他現在已經有女朋友了。』我幽幽地說。

『大熊不是星一那種人。』

『星一他近來怎樣？』

『他一向很受女生歡迎，當然不會寂寞。像他這種男生，是不會只愛一個人的。』

『那麼，白綺思呢？他們還在一起吧？』

芝儀點點頭，說：『可她暗中也跟其他男生來往。』

『你怎麼知道？』

『她跟我住同一幢宿舍。白綺思和星一是同類，愛情對他們來說，只是一張漂亮的禮物紙，裡面包些甚麼並不重要。』

『你呢？大學裡不是有很多男生嗎？』

『法律系那些，都很自以為是。』芝儀噘了噘嘴唇說，一副瞧不起那些人的樣子。

『我一直以為你會唸音樂系。你歌唱得那麼好，鋼琴又彈得棒。你不是說過想成為指揮家的嗎？』我說。

『唸法律比較有保障。』芝儀吃了一口布丁，繼續說，『也可以保護自己。』這就是芝儀吧？從來不會做浪漫的事情。可是，考大學那麼辛苦，我一定要挑自己最想唸的學系。那是以後的人生啊。

『如果大熊將來有女朋友，那個女生要是個怎樣的人，你才會比較不難受？』芝儀問我說。

『怎樣都會難受吧？』我回她說。

『死刑也有槍決、電椅、注射毒藥幾種嘛！』

我想起大熊曾經說過的那句話。他說：『跟你一起又不是判死刑。』我當時覺得眼睛都甜了。

『你不會真的覺得那是死刑吧？我只是隨便舉個例。分手之後，不管怎樣，對方早晚還是會愛上別人的，自己也一樣吧？』

我突然覺得眼睛有些濕潤，吸了吸鼻子，朝芝儀說：『別人都覺得那個女生很像我，不管外表或是性格，也帶著我的影子。人家會在背後取笑他說：「他還是忘不了初戀情人，所以找了個跟她一樣的人來戀愛！」那樣的話，我會比較不難受吧？』

我說著說著，抹抹鼻子笑了起來。看到我笑的芝儀，咯咯笑了。

我抬頭望著『十三貓』的天幕。以前每一次來，都是跟大熊一起。每一次，我都會數數那兒藏著多少雙貓眼睛，惟有這一次，我沒有再去數，因為這些都不重要了。

我回看芝儀，她也是仰頭看著天幕。我以為她在數那些貓眼睛，直到她突然說：

『我是知道白綺思住那幢宿舍，所以才會也申請到那兒去。那樣便可以接近她。』

我朝芝儀轉過頭去，吃驚地看著她。

『不知道為甚麼會告訴你，我本來打算一直藏在心裡的。』她眼睛依然望著天幕，說：『也許是這些貓眼睛吧，我老覺得牠們很詭異。』

『原來……你喜歡白綺思？』我震驚地問。

我沒想到芝儀喜歡的是女生。從前我們一起去買衣服時，還常常共用一個試身室。

芝儀望著我，那雙眼睛有些淒苦，然後她說：『神經病！我才不是同性戀。』

『那麼，你喜歡的是——星——』那個『一』字我沒說出來。

芝儀苦澀地笑了笑，說：

『想辦法接近他喜歡的人，了解那個人，就好像也接近他，也了解他。』

『我還以為你一直都討厭他呢。』

『是很想討厭他，但是沒法討厭。因為沒法討厭，所以很討厭自己。』芝儀吐了一口氣說。

『他知道嗎？』

芝儀搖搖頭說：『只要我決心藏在心裡的事，沒有人能夠知道。』

『果然很適合當律師呢！那麼能夠守秘密。』

『不要告訴任何人，否則，我會恨你一輩子。』芝儀認真地說。

『你不會殺我滅口吧？』

她如夢初醒般說：『對啊！你提醒了我！只有死去的人最能夠守秘密。』

『我把你的秘密帶進墳墓去好了。』我銜她笑笑。

我和芝儀後來在『十三貓』外面道別。她回宿舍去。在那兒，她跟她的情敵只隔了幾個房間的距離。看著她小而脆弱，拐著腳的背影，我知道我錯了，芝儀並非不會做浪漫的事情。那樣喜歡著一個人，不已經是浪漫嗎？

街上的夜燈亮了起來，我的心卻依然幽暗。我一個人孤零零地朝車站走去，無以名狀地想念大熊。我多麼想把這個秘密告訴他！可是，我們已經不會一起分享秘密了。

我手上拎著的布包沒放很多東西，我卻覺得背有點駝。然後，不知怎地，我搭上了一輛巴士，走的並不是回家的路。

巴士在男童院附近停站，我下了車，爬上山坡。大熊應該回家了吧？這個時候，他在做甚麼？

終於，到了山坡頂。我抬頭望著男童院宿舍那扇熟悉的窗子。然而，燈沒有亮。大熊不在家裡，還是他已經住進大學宿舍裡，而我不知道？那麼，皮皮呢？他也帶著皮皮一起去嗎？

他為甚麼不在家裡？下一次，我也許沒勇氣來了。

我杵在那兒，半晌之後帶著心頭的一陣酸楚往回走。突然之間，我看到大熊，他在山坡下，正朝我這邊走來，好像剛剛放學的樣子。我無路可逃，慌亂間跳進旁邊的野草叢，蹲著躲起來，一邊還慶幸自己這天剛好穿了一條迷彩褲。我心頭撲撲亂跳，祈禱大熊千萬別發現我。分手之後這樣再見，太讓人難堪了。

過了一會，我在野草叢中看到大熊穿著藍色球鞋的一雙腳。那雙熟悉的大腳在我面前經過時停了一下，那一刻，我的心都快跳出來了。然而，他很快便繼續往前走。就在那個瞬間，淚水浮上了我雙眼，我頭埋膝蓋裡嗚嗚地啜泣。

『你在這裡做甚麼？』突然，我聽到大熊的聲音。

我嚇得整個人抖了一下，抬起滿是淚水的臉，看見了大熊。他不知道甚麼時候無聲無息地站在我面前，困惑的眼神俯視我。

我慌忙用手背擦乾眼淚站起來，雙手往褲子揩抹。

『你沒事吧？』大熊凝視著我，語氣眼神都跟從前一樣。

『你為甚麼會在這裡？』我低低地說。

『我走這條路回家。』他說。

我們無語對望。分離，是我們不拿手的。重逢，也是我倆不拿手的，而且我還讓他看到了我這麼糟糕的時刻。

沒可能更糟糕了吧？於是，我鼓起勇氣，喃喃問他：『你為甚麼不找我？』

『我以為你還在生我的氣。』他回我說。

原來就這麼簡單嗎？我還以為我們已經完了。

『要是我一直生氣，你也一直不找我嗎？』

『你不會生氣一輩子吧？』他衝我笑笑。

『誰說我不會？』我吸吸鼻子，帶著抖顫的微笑凝望他。

『一輩子很長的。』他手背扠著腰，用嬉逗的眼神看我。

大熊，那時候，我們都以為一輩子很漫長吧？

2

那天晚上回到家裡，我打電話給芝儀，告訴她，我和大熊復合的事。

『你們才分手沒多久呢。』她在電話那一頭笑著。

可是，有一個人，還沒有收到最新的消息。就在我和大熊復合的第二天，我在家裡接到星一打來的電話。

『星一？找我有甚麼事？』我沒想到會是星一。他從來就沒打過電話給我。

『今天可以見個面嗎？』

『有事嗎?』

『見面再說吧。』

我跟星一約好在小公園見面。他比我早到，身上穿著黑色夾克和牛仔褲，雙手深深地插在褲袋裡，比起幾個月前更帥氣，難怪芝儀口裡埋怨他把愛情看成一張漂亮的禮物紙，心裡卻又喜歡他。

看到我的時候，星一衝我笑笑，問我：『你近來好嗎?』

『我會再考一次大學。』我說。

『那很好啊!要我幫你溫習嗎?』

我帶著微笑搖頭，心裡想著他找我有甚麼事。

沉默了片刻之後，他說：『我明天要去英國，所以來跟你說一聲。』

『英國?你去讀書嗎?』

星一臉露尷尬的神色，說：『不，我跟家人去旅行。』

我怔了怔，只是去旅行而已，為甚麼專程跑來跟我道別呢?那個時候的我，根本不會明白這麼幽微的心事。也許，星一特地跑來告訴我，只是希望我會問他一聲：

『那你甚麼時候回來？』

然而，那個瞬間，我沒問。他臉上露出失望的神情。

『那時你說你不喜歡我，現在你跟大熊分手了，你會不會改變主意？』他突然問我，眼睛深深地看著我。

我臉紅了，尷尬地說：『我們復合了。』

『呃？』他怔了怔。

『是昨天的事，也許他還沒告訴你。』

『是的，他沒說。早知道那時候就不該叫他跟蹤你。』星一朝我笑笑，風度無懈可擊。

我鬆了一口氣，瞥了瞥他，說：

『為甚麼呢？那麼多的女孩子喜歡你。星一，你讓我很自大呢。』

『你記得中三那年暑假前的一天嗎？』

『我在學校化學實驗室見到你的那天？』

星一點了點頭，說：『那時還很胖的我，受到幾個同學欺負，躲在那兒哭。你經過的時候看到我，悄悄替我開了空調，還幫我關上門，假裝沒看到我。』

原來他一直記著這件事，我倒沒放在心裡。

『我們是同學嘛！』我說。

『只有那時候對我好的女孩子，才值得我追求。』星一說。

『你很念舊呢！』我誇獎他。

星一咧嘴笑了，說：『你是第一個這樣說的，別的女生都說我貪新忘舊。』

『她們不了解你吧。』

『這幾年，我是帶著復仇的心去跟那些女孩子交往的。這些人，從前連看都不會看我一眼。』

『那麼，白綺思呢？』

『她也是一樣。』星一聳聳肩，說：『這也難怪，我那時候就像《哈利波特》裡，哈利那個又胖又蠢的表哥。』

『達力。』我說。

『呃？』星一怔了一下。

『哈利的表哥叫達力，很少人記得他的名字。但我覺得他挺可憐，書裡所有小孩子都會巫術，只有他不會。』我笑笑說。

『是的，他最可憐。』星一說，然後，他問我：『今天晚上的事，你不會告訴大熊吧？』

『放心吧！我很能守密的。我會把這個秘密帶進墳墓裡。』

星一手指比了比嘴唇，說：

『別說這麼不吉利的話，我家是做殮葬生意的，所以很迷信。』

我吐吐舌頭微笑。

跟他一起走出小公園之後，我們道了再見。天涼了，我加快腳步，想快點回家去。

去年的這一天，徐璐跳橋自盡。這天晚上，電台都在播她的歌。活著是多麼的美好？

聽著歌的時候，我搖電話給大熊。

『有事嗎？』他問我。

『只是想確定一下。』我說。

『確定甚麼？』

『確定你還活著。』

『瘋了嘛你？』

徐璐的歌，陪著我溫習。我跟自己說：『這一次我不會輸。』

第二年，我終於考上了大學。大熊也升上了二年級。

3

徐璐那首〈時光小鳥〉說，二十歲的時候，時間是小翠鳥。我們的二十歲，是快樂不知時日過吧？

二〇〇三年的的除夕夜，我、大熊、阿瑛、小畢、星一跟芝儀六個人，在我和大熊頭一次約會的『古墓餐廳』裡度過。

星一剛剛跟白綺思分手。雖然很多女生想和星一度除夕，星一卻寧願跟我們一起。

於是，我把芝儀也叫來。她在電話那一頭很緊張地問我：

『你跟星一說了些甚麼？』

『我不怕你殺我滅口嗎？我連大熊都沒說。』

『會不會很怪？只有我跟他是一個人來。』

『大家都是舊同學嘛，來吧！』

這一天，最遲一個來到『古墓』的，是大熊，他從來就沒準時過。

芝儀打扮得很好看，星一好像也對她刮目相看。

阿瑛聽說星一家裡是做殮葬生意的，帶笑問他：

『將來要是我們——呃，你明白啦，可不可以打折？』

『今天別說不吉利的話。』星一衝她笑笑。

雖然如此，我們還是來了『古墓』，點了『古墓飛屍』、『死亡沼澤』和『古墓血飲』等等，一點都不怕不吉利。

『你怕鬼嗎？』阿瑛問星一。

『我爺爺說，我們做這一行的，是鬼怕我們。』星一故意說得陰聲鬼氣。

『那麼，你有沒有見過鬼？』阿瑛問。

一個女祭司打扮，臉擦得粉白的女服務生這時把我們的飲料端來。等她走開，星一的目光掃過我們每一個，深呼吸了一口氣。

我們全都屏息等著聽鬼故事。

『我沒見過。』星一懶懶地說。

正當我們有點失望的時候，星一突然又說：『但我爺爺見過一個女鬼，是幾十年前的事了。她是跟男朋友雙雙溺死的，好像是跳河殉情，很年輕。屍體送來殯儀館的那天晚上，我爺爺在辦公室裡聽到水滴在地上的聲音，於是走出去看看。』星一說到一半突然停了下來。我們催他，他才繼續說：『他看到一個全身濕淋淋、跟那個溺死的女生長得一模一樣的女鬼。她一邊哭一邊不停地把身上的衣服擰乾，但是，怎麼擰也還是擰不乾……』

阿瑛、芝儀和我全都嚇得魂飛魄散，央求星一不要再說下去。星一臉上露出歪斜笑容，拿起面前那杯『古墓血飲』啜了一口。

『這個故事是你自己編的吧？』我狐疑地盯著他看。

『當然不是。』他回我說。

『如果有一隻鬼，連影子在內，是二十公尺加上他長度的一半，那麼，他連影子在內有多長？』一直好像沒有很投入聽我們說話的大熊忽然問。

『你說甚麼嘛？』我撞了撞他的手肘。

『鬼好像沒影子的。』小畢說。

『就是嘛！』阿瑛附和小畢。

『這不是鬼故事，這是算術題，我剛剛想出來的，考考你們。』大熊說。

『幹嘛問這個？』我頭轉向大熊。

『我下個月開始在報紙寫專欄。』大熊向我們宣布。

『為甚麼我不知道？』我問。

『我剛剛遲到就是因為談這個。』

『你常常遲到。』我啐他一口。

『你寫甚麼專欄？』星一問。

『是每天的專欄，我會每天出一個有趣的算術題、邏輯題、或是智力題給讀者猜。』

『很適合你呢！』我稱讚他說。

『稿費高不高？』芝儀問。

『比補習好，又不用上班。』大熊說。

『專欄作家，敬你一杯！』

星一首先跟大熊碰杯，我們也跟著一起碰杯。

二〇〇三年的時候，香港仍然籠罩著一股不景氣，沒想到還在唸二年級的大熊當上了專欄作家，小畢也很幸運在廣告公司找到一份美術設計的工作，還設計了一個大型的戶外廣告牌。

那是某個名牌的青春便服廣告，特寫一個滿臉雀斑的洋模特兒一張燦爛的笑臉。廣告牌懸在繁忙的公路旁邊，上面有一句標語：『年輕是一切錯誤的藉口。』

阿瑛用數位相機把廣告牌拍了下來，這天帶給我們看，臉上滿是對小畢的仰慕之情。她已經從演藝學院畢業，明年會演出大型歌舞劇『貓』。

『改天要去「十三貓」觀察一下。』她說。

芝儀整個晚上很少說話，但是臉上一逕掛著微笑。星一的鬼故事，不管是真的還是假的，也嚇倒了我們。他很適合講鬼故事。

『那隻鬼到底有多長？』我問大熊。

『是不是三十公尺？』小畢想了想，問。

『不對。』大熊搖搖頭。

『四十公尺。』星一說。

『對！』大熊點頭。

我們全都一起為星一鼓掌。

『我還有另外一題。』大熊說。

『吃東西啦！』我揉了揉他的頭髮說。

十二點鐘一到，一個男祭司打扮的樂師用手風琴奏出〈友誼萬歲〉，一群女祭司靠攏起來高歌。我們唱著歌，舉起手上的飲料為新的一年喝采，每個人臉上都漾著花一樣的笑。年輕如果是藉口，那麼，它便是最讓人心醉神迷的藉口。我們用力碰杯，把杯裡的飲料盡情濺到彼此臉上。那個瞬間，我們全都對人生滿懷憧憬，也帶著未知的忐忑。

明天、明年，明日的故事與夢想，還等待著年輕的我們一一去探索。

然後，我們約定，明年今日，相同的六個人，在『古墓』再見。

『到時候，我會說一個更恐怖的鬼故事。』星一說。

『那我便出一個更有趣的算術題。』大熊說。

『不見不散！』我笑對大熊說。

為甚麼當我們以為正順遂地迎向幸福的浪花，生命的氣息卻一下子就從指縫間溜走了？

二〇〇四年除夕的約會，我缺席了。好夢頓時成空。

第五章

我在雲上愛你

二〇〇五年九月一個晴朗的星期五，澳洲的冬季快要過去了。在南部阿得雷德的航空訓練學校，大熊，我看到了你。

你瘦了，皮膚曬黑了，短髮梳得很整齊。你長大了，成為一個有點經歷的男人。你結上藍色領帶，身上穿著帥氣的飛行學員制服，每天大清早冒著寒冷從床上起來，接受嚴格的訓練，立志要成為一位飛機師。

在天空和星群中飛翔，本來並不是你的夢想。

那時候，每次我想游說你去當飛機師，你總是皺著眉說：

『當飛機師很辛苦的！』

你只想當個數學專欄作家。你那個專欄很受歡迎，大學還沒畢業，已經有出版社替你出書，其他報紙也找你寫稿，還有學校請你去演講。你懶洋洋地說，這份工作不用上班，光是版稅和稿費已經夠生活了，你打算畢業之後也繼續這樣。

那時候我很擔心，比樹懶這種動物更懶惰的你，將來怎麼辦？你卻跟我說了一個古希臘哲學家的故事。

那個哲學家甚麼也不做，就只是坐在街上行乞，因為他認為，懶惰是最高深的哲學。

『你不如說，所有乞丐都是哲學家！』我沒好氣地說。

『你這句說話犯了邏輯上的錯誤。某個哲學家是乞丐，不代表所有乞丐都是哲學家，也不代表所有哲學家都是乞丐。』你說。

『那我可不可以說樹懶是大自然的哲學家？』我說。

你眼睛亮了起來，說：『有這個可能。』

我不知道樹懶是不是大自然的哲學家，但是，鸚鵡也許是預言家。

當死亡一步一步召喚著我們，皮皮曾經試著提醒我們，只是我們當時並不知道。

二〇〇四年十月初的一天，在你男童院的家裡，我們無意中發現一個網站，它後來造成了網路大擠塞。它的名字叫：『印度洋上的美麗花環』。

那就是島國馬爾地夫。它由一千一百九十個島嶼組成，從天空中俯瞰，群島的形狀宛如一圈花瓣。它的國花是美麗的粉紅玫瑰。

一位業餘攝影師花了一個多月時間停留在馬爾地夫，回家之後把他拍的兩百多張照片放在自己的網站上。那個寧靜的世外桃源讓人心馳神往。我們看到了海連天的景色，看到了落日長霞染紅了的椰樹影，看到了藍色的珊瑚礁，看到了比馬兒還要大的魚，看到了大海龜笨拙的泳姿。

我們也看到了蓋在海邊的水中屋。一排排草篷頂的水中屋，一邊是大海，另一邊是游泳池。人睡在屋裡的床上，朝左邊轉一個身，就可以跳到海中暢泳；朝右邊翻個筋斗，就掉進游泳池裡去，雙腳根本不用碰到地板。

我和你都看得傻了眼。

『我要去！我要去！』我嚷著說。

就在這時，籠子裡的皮皮好像受驚似的，不尋常地猛拍翅膀亂飛，嘎嘎嘎地叫個不停。我們兩個同時轉頭望著牠。

『可能剛剛有麻鷹飛過。』你看了看窗外說。

『牠也想去馬爾地夫呢！』我笑著跟你說，渾然不覺死亡的利爪已經伸向我們。

我們後來決定聖誕在那兒度過，十二月二十四日出發，二十七日回來，回來後再過幾天，就是『古墓』的除夕之約了。

我們在網上預訂了機票，找到一家便宜又漂亮的旅館，那兒雖然沒有夢寐以求的水中屋，但是，只要走出房間幾步，就是海灘了，偶爾還會有大海龜爬到那片岸上孵蛋，要是我們幸運的話就能看見。

我們對馬爾地夫之旅滿懷著期待。我買了一件簇新的游泳衣，青草綠色的，分成上下兩截，又買了太陽帽和防曬膏，每天倒數著出發的日子。

生命中的那一天終於來臨。我和你帶著輕便的行李，在黃昏時抵達那個碧海連天的島國。一片印度洋的美景在我們面前展開來，我們走出機場，深呼吸一口涼爽的空氣，然後興致勃勃地乘船往小島上的旅館去。

旅館由一排排的小茅屋組成。當我們踏進那個洋溢著熱帶風情的旅館大堂，一位穿粉紅色紗籠的女郎迎上來，把一個玫瑰花瓣編成的花環掛在我脖子上，露出一口雪白的牙齒，跟我說：

『歡迎來到天堂！』

我們千挑萬選的旅館，連名字都隱隱透著死亡的信息，它叫『天堂旅館』。我毫無防備，並不知曉自己已經到了人生旅程的最後一站。

十二月二十五日聖誕節傍晚，我們坐在海邊餐廳的白色藤椅子裡，身上穿著白天在市集買的汗衫，胸前印著馬爾地夫的日落和椰樹。我們悠閒地啜飲著插著七彩小紙傘的冰涼飲料，遙望著浮在海上的一輪落日。

『一輩子住在這裡也不錯，每天掃掃樹葉就可以過生活。』你伸長腿，懶洋洋地說。

『不行！我們還有許多地方沒去，倫敦、紐約、托斯卡尼、佛羅倫斯、希臘愛琴海、埃及的金字塔、印度的泰姬陵，還有巴黎！』我憧憬著，然後問你：『你有沒有想過，三十歲的時候，你在做甚麼？』

你聳聳肩，說：

『那麼遠的事，我沒想過。』

『我也沒想過。』我很高興地說。

你朝我看了一眼，不解地問：

『那你為甚麼問我？』

『我想知道你是不是跟我一樣沒想過。』我懶懶地說。

你沒好氣地對我笑笑。

『你到底有沒有喜歡過阿瑛？』我問你。

『天呀！你又來了！』你說。

『說出來嘛！我真的不會生氣。』

『當然沒有！』你終於肯說。

『真的？』

『我說沒有就沒有。』

『她好像覺得你喜歡過她呢。她說，她喜歡吃蛋糕，但你是餅乾。』

『我是餅乾？』你瞪大眼睛。

我咯咯地笑了。從你的眼神語氣，我知道你沒騙我。

『那麼，我是你的初戀囉？』我說。

你揉揉眼睛苦笑，一副怕了我的樣子。

『那個雞和蛋的問題，你是故意答錯的吧？』我問你說。

再一次，你故弄玄虛地笑笑，始終不肯告訴我。

後來，當我們吃著鋪著兩片花瓣的玫瑰花冰淇淋時，我埋怨你說：

『我每次電郵給你，都送你一朵網上玫瑰，但你從來就沒送過給我。』

你竟然說：『這些只是形式罷了。』

『你現在不送花給我，等我老了，你更不會送。』我咬著冰涷的小匙羹說。

『放心吧！將來你又老又醜，我也不會嫌棄你。』你瞇起眼睛對我微笑。

『誰要你嫌棄！我才不會變得又老又醜！我會永遠比你年輕！』我捻起盤子裡的玫瑰花瓣，放到鼻子上嗅聞著。

大熊，我是不是又說了不吉利的話？逝去的人不長年歲，從此以後，我永遠比你年輕。南方傍晚的玫瑰花香，飄送著離別的氣息。直到如今，每個黃昏，我彷彿又嗅到了玫瑰花的香味，那片花瓣宛如小陀螺，在往事的記憶中流轉。

第二天，那個將我們永遠隔別的星期天早上，我穿上游泳衣，把還沒睡醒的你拉到海灘上去。我們挨在遮陽傘下的白色躺椅上，你帽子蓋著臉，還想繼續睡。我起來，一邊往身上抹防曬膏一邊對你說：

『快點下水吧！明天一早就要走了。』

你打了個呵欠，懶懶地說：

『你先去吧！』

『你不怕我給鯊魚吃掉嗎？』

『馬爾地夫的鯊魚是不吃人的。』你說。

『你快點來啊！』我催促你說。

然後，我把塑膠拖鞋留在岸上，獨個兒跑到海裡，那兒有許多人正在游泳和浮潛。我閉上眼睛，仰躺在水面上，享受著清晨的微風，由得自己隨水漂流。

不知道漂了多久，我張開眼睛站起來，你還半躺在岸上，悠閒地望著我。我朝你大大地揮手，要你快點下水。你也朝我大大地揮手，卻不肯來。我心裡想著，等我上岸，我要好好對付你。

而今想起來，那一刻，我們竟好像是道別。

我緩緩游往深水處。游了一陣，我腳划著水，揉揉眼睛，突然發現一陣遍佈水面的顫抖哆嗦，頃刻之間，海水如崩裂般急湧上來，把我整個人沖了出去。畏怖恐懼過頭了，我想呼救卻叫不出一個聲音。當其他人紛紛慌亂地往岸上跑，你卻奔向我，走到水裡，拚命游向我，想要把我拉上岸。我掙扎著呼吸，想向你伸出手，我幾乎碰到你的手了。然而，就在那個瞬間，一個三十呎的滔天巨浪把我們沖散了。它把你捲到岸上去。

我在恐怖的漩渦中掙扎著呼吸，筋疲力歇，閉上眼睛，然後再次掙扎呼吸，直到我再無氣息。然後，我再次張開眼睛，看到自己漂向了死亡的彼岸。

那場海嘯把一切都搗毀了。

浩劫之後，那個島國成了一片廢墟，空氣中飄著腐土、腐葉和屍骨的氣味。星一、小畢、阿瑛、芝儀，每個人都來了，不知道怎樣安慰你。他們幫忙著尋找我，希望我還活著。

時間一天一天過去，希望也愈來愈渺茫。

五個星期過去了，其他人都不得不陸續回家，你還是執拗地留下來。

直到搜索隊放棄搜索的那天，你從一個找不到我的停屍的帳篷回來，路上給一塊尖銳的木板割傷了腳。你沒理會那個淌著血的傷口，帶著疲憊的身體回到旅館，把門關上。明白最後一絲希望的光芒已經熄滅，你額頭貼在門板上痛哭，以拳頭猛搥磚泥牆，大聲喊：

『鄭維妮！你回來！』

對不起，大熊，我回不來了。

你相信命運嗎？我只好宿命地相信。

我們第一次看的電影，是『鐵達尼號』。船沉沒了，男女主角在茫茫大海裡生死永隔。雖然那天是我明知你跟蹤我，把你誘騙進戲院去的，但我們畢竟是一起看過。後來，我們還一起嘲笑那些老套的情節。

我第一次問你的數學題，是那個飛機師在北極飛行的問題。當時，你淘氣地在地球下面畫上了枝和葉，像一朵花。怪錯你了，原來，你送過花給我。那時候，我們又怎會想到，而今的你，將會因為我而當上飛機師？

大學畢業那天，你在航空學校認真地上課，連畢業禮都沒參加。

我從來不知道你愛我如此之深，放棄了做樹懶的夢想，用你的雙腳，替我走完人生餘下的旅程。

當飛機師真的很辛苦。自律、整潔、守時、勤力、負責任，這些對你來說多麼困難，你卻做到了，理論課還拿了滿分。

這一天，我看到你第一次試飛。你在雲端緊緊地握著飛機的方向盤。你旁邊的導師笑著說：『不用這麼緊張，方向盤也給你扼死了！』

坐在你背後的同學笑了起來，你也笑了，那個微笑卻帶著幾許苦澀。

也許你會奇怪，我為甚麼能夠看到你。原來，人死了之後，這個世界會償還它欠我們的時間。每個人得到的時間都不一樣，那要看他們在媽媽肚子裡住了多久。我們出生以後，是從零歲開始計算；然而，當精子與卵子結合，生命已經形成，我們也開始長年歲。有些人只住了二十幾個星期便出生，我很幸運，在媽媽肚子裡撐了三十九個星期零四個小時才出來，所以，我也有三十九個星期零四個小時的過渡期。這段時間，我可以在天堂回溯塵世的記憶。我變成了觀眾，目睹自己從出生的一瞬間，直到死亡的一刻，這一切就像錄影帶重播那樣。我還可以在雲上看到我死後的你、看到媽媽、看到芝儀和星一、小畢和阿瑛。時間到了，我就會遺忘往事。

這一刻，是倒數的最後二十分鐘了。

大熊，有一個秘密，我從來沒告訴你，也沒告訴任何人。我唸小五的那年暑假，附近搬來了一個唸初中一的男生，他長得很可愛，有一雙大眼睛和漂亮眉毛，像漫畫裡的小英雄。我有好多天悄悄跟蹤他，只是想看看他都做些甚麼。

一天，我看到他走進一家文具店。過了一會，他手裡拎著一卷東西出來。於是，我怯生生的進去那家文具店，問那個一頭白鬈髮的老店員他買了甚麼。老店員帶著微笑在櫃台上把一張世界地圖攤開來給我看。那張地圖有四張電影海報那麼大，海是藍色的，陸地是綠色的，山是咖啡色的，每個國家都有不同的標記，荷蘭是風車，維也納是小提琴，西班牙是一頭鬥牛……簡直美呆了。

『這是最後一張了。』老店員說。

可是，我沒錢買。

後來有一天，我又再悄悄跟蹤那個男生。這天，我看到他在溜冰場裡牽了一個漂亮女生的手。我心裡酸酸的，孤零零地回家去。回到家裡，我蹲在地上，把小豬撲滿裡的錢全都倒出來，拿去買了那張地圖，然後把它貼在睡房的牆壁上。

那天以後，我沒有再跟蹤那個男生。後來，聽說他失蹤了，警察在附近調查過一陣子。我很內疚，要是我繼續跟蹤他，也許會知道他去了哪裡。

漸漸地，我已經忘了他的樣子，卻嚮往著那張地圖上的天涯海角。

所以，那一天，當我發現你跟蹤我，我是多麼的震驚？

那就是宿命吧？雖然我那時候還不了解。

人死了之後，一下子也成熟了。而今我終於明白，在相遇之前，我也許喜歡過別人，那個人並沒有喜歡我，又或是別人喜歡我，我卻不喜歡他。為甚麼會是你和我呢？

原來，那些人都只是為了恭迎你的出場。我們的相逢中，天意常在。

記得有一天，我在電話裡戲弄你，裝內疚地對你說：

『對不起，我……我昨天結婚了。』

你沉默了許久，苦澀又驚訝地問：

『你跟誰結婚？』

『騙你的啦！笨蛋！』我吃吃地笑了起來。

很抱歉，不能再跟你玩這種遊戲了，也沒能嫁給你。

大熊，記得我在你掌心裡畫的一顆『不死星』嗎？它會在雲端永遠保佑你。可是，要是當飛機師太辛苦，那便放棄好了。去愛一個人吧。去愛一個像我愛你般愛你的人吧。縱使我多麼不情願，在死亡的彼岸，我終將遺忘你。

那張世界地圖並沒有天堂的標記。原來，人生前想像天堂是怎樣的，死後的天堂也就是那個樣子。我總以為天堂就像那個夢星球的故事：人睡著之後，靈魂會去那兒做夢。星球上有一棵枝椏橫生的大樹，爬了上去，做的便是好夢。掉下來的，那天會做噩夢。

我的天堂就是夢星球。

你還記得我給你看過的那幅圖畫嗎？二年級上學期，我修了一個心理學的學分，那位一頭金髮的洋教授叫阿占，長得挺帥。阿占的課很受女生歡迎。他也教得很精彩。

上第一堂課的時候，他派給我們每個人一張圖和一堆顏色筆。就是這一張圖：

他要我們單憑直覺，在這張圖畫中選出一個我們覺得最像自己的人，然後填上顏色。我們也可以再選一個最像自己喜歡的那個人。

這是我的選擇：

右上角交叉雙手，看來一臉不高興，像孤獨精那個，我對她簡直一見鍾情，填上了我最喜歡的綠色。她就是我。生長在單親家庭，又是獨生孩子，孤單的感覺從來沒離開過我。

站在樹頂，手背扠著腰，笑得很開心，很容易滿足，對這個世界充滿好奇的那個是你。我填上了藍色，因為藍色像你，你喜歡藍色。

一天，我把這張圖拿給你，要你做同樣的事情。

『這是甚麼測驗？』你問。

『你只管做嘛！』

於是，你乖乖的在這幅圖裡選了你和我：

你竟然跟我一樣。右上角綠色的那個是我，你說是因為我喜歡綠色，而且我常常嘛起嘴，好像甚麼都不滿意的樣子，痲煩得很。

藍色的那個，你一看就覺得像自己。你喜歡海洋的顏色，喜歡那種清涼的感覺。

『那麼，分析結果呢？』你好奇地問。

『沒結果的。』我說。

『沒結果怎算是心理測驗？』你說。

『你以為這是那些膚淺的心理測驗，有A、B、C、D答案的嗎？阿占說，每個人都能夠在這張圖畫中找到自己和身邊的人。這張圖好比一面鏡子，我們選出來了，也就看到了心中的自己。』

大熊，謝謝你，是你一路陪著孤單的我迎向人生最後的航程。

我已經順水漂流，跟著大海去流浪。我會化成風，化成雲，化成藍色的珊瑚礁，化成魚兒，化成大海龜。也許，有一天，一個女生會問她愛上的那個男生：

『先有大海龜，還是先有海龜蛋？』

見不到我的屍骨，你會永遠記著我鮮活的臉龐，懷念我們曾經分享的一切，還有那些我們共度的年輕青澀的歲月，多麼短暫，卻又已經是永恆。

不要悲傷，我活過。我為你流過眼淚。我愛上了你。一個人只要愛上了，就像小毛蟲變成了蝴蝶，從此不一樣了。是你的愛讓我在人間起舞。

大熊，要是有一天，你的飛機在天空中飛翔，你突然發現頭髮亂了，那一刻，你會想起老是喜歡弄亂你頭髮的我嗎？

這個世界償還給我的時間，只剩下最後一分鐘了，我要送你一份禮物。當你想起我，請你抬頭仰望那片白雲深處，沒有了你，我重又變回孤獨，這是今後的我：

國家圖書館出版品預行編目資料

我在雲上愛你／張小嫻著. --初版. --臺北市；
皇冠, 2005〔民94年〕 面； 公分.
--(皇冠叢書；第3485種）（張小嫻作品；35）
ISBN 957-33-2171-8（平裝）

857.7 94015455

皇冠叢書第3485種
張小嫻作品 35

我在雲上愛你

作　　者—張小嫻
發 行 人—平雲
出版發行—皇冠文化出版有限公司
台北市敦化北路120巷50號　電話◎02-27168888
郵撥帳號◎15261516號
出版統籌—盧春旭
編務統籌—金文蕙
責任編輯—蔡曉玲
美術設計—陳韋宏
印　　務—林佳燕
校　　對—鮑秀珍・蔡曉玲
行銷企劃—邱馨瑩
著作完成日期—2005年
初版一刷日期—2005年9月

讀者服務傳真專線◎02-27150507
皇冠文化集團網址◎www.crown.com.tw
張小嫻皇冠官方網站◎www.crown.com.tw/book/amy
電腦編號◎379035
ISBN◎957-33-2171-8
Printed in Taiwan
本書僅限台澎金馬地區銷售
本書定價◎新台幣220元